KB199908

다가올 사랑의 말들

지은이 **모르간 오르탱**Morgane Ortin　　프랑스의 작가로, 소르본대학에서 문학과 커뮤니케이션학을 전공하고 출판사에서 편집자로 일했다. 2017년 개설한 인스타그램 계정에 익명의 연인들이 보내온 문자메시지를 게시해 큰 반향을 일으켰으며, 이는《다가올 사랑의 말들Amours Solitaires》의 출간으로 이어졌다. 저서로《비밀: 침묵의 소리Le secret: Le bruit du silence》《벽이 없는 방La chambre sans murs》등이 있다.

옮긴이 **황은주**　　서울대학교 철학과를 졸업하고, 대학원에서 철학과 불문학을 공부하였다. 책을 읽고, 글을 쓰며, 피아노를 연주하고, 영어와 프랑스어 책을 우리말로 옮기는 생활을 하고 있다. 옮긴 책으로《화성과 금성의 신화》가 있다.

AMOURS SOLITAIRES
by Morgane Ortin
Copyright © Editions Albin Michel - Paris 2018
Korean translation copyright ⓒ 2023 Psyche's Forest Books
Arranged through Icarias Agency, Seoul

다가올 사랑의 말들

모르간 오르탱 지음
황은주 옮김

Amours Solitaires

프시케의숲

들어가며

나는 사랑을 사랑한다. 사랑하는 것을 사랑하고, 사랑에 관해 말하고 쓰는 것을 사랑하고, 사랑에 관해 읽는 것을 사랑하며, 그것을 읽고 또 읽는 것을 사랑한다. 귓가에 대고 나직하게 말하는 사랑의 속삭임과 한밤을 향한 사랑의 외침, 탁자 한구석에 놓아두고 다음 날 아침 발견되기를 기다리는 사랑의 메모, 예기치 못한 순간에 받는 사랑의 문자를 사랑한다. 나는 사랑의 말들을 잃어버리고 싶지 않았다. 그 섬광과도 같은 것을 간직하기 위해, 사랑의 말이 쓰이고 읽히는 순간들을 모으고자 했다.

2년 전, 나는 열렬한 사랑에 빠졌다. 내 핸드폰은 정열적인 메시지들의 은밀한 낙원이 되었다. 그 모든 것을 망각 속으로 빠트리는 것은 너무 슬픈 일일 것만 같았다. 내밀하고 사적인 대화였음에도 그것을 다른 사람들과 함께 나누고 싶었다. 나는 체계적으로 화면을 캡처하기 시작했다. 그러나 그것만으로는 부족했다. 기억이 물질로서 핸드폰 안에 고스란히 보존되어 있었지만, 쌓여가는 사진과 동영상에 밀려나 추억은 점점 희미해져갔기 때문이다. 다른 공간이 필요했다. 나는 인스타그램에서 바로 그 대안적인 자리를 발견할 수 있었다. 그곳은 물성에서 벗어난 독특한 곳, 너그럽고 참여적인 곳, 기억을 위해 따로 비워둔 장소였다. 이미 그곳에서는 사랑의 메시지들이 익명으로 공유되고 있었다. 이 책에 수록된 말들은 그렇게 탄생했다. 나는 복수형을 사용하고 있다. 처음 계정을 열었을 때는 내가 주고받은 문자들뿐이었지만, 이제 그곳에는 여러 사람들에게서 일상적으로 받은 수백 개의 문자들까지 업로드되어 있기 때문이다.

사랑에 빠진 고독한 사람들, 사랑을 사랑하는 사람들. 이제 우리는 혼자가 아니다.

메시지 창을 캡처한 사진을 매일 업로드하며 나는 사랑의 유일무이한 순간을 영원한 것으로 만들기 위해 노력했다. 그 순간은 사랑이 만들어지는 순간이고, 휴대전화 벨소리 하나에도 깜짝 놀라 가슴이 두방망이질치는 순간이다. 답장을 쓰기 위해 단어를 선택하는 것이 그렇게까지 중요한 때가 또 있을까? 그럴 때면 음절 하나하나는 의미로 불타오르게 된다. 그러나 그 순간은, 본디 쉽게 깨지기 마련인 사랑이, 꺼져가다 끝내 소멸하고 마는 순간이기도 하다.

사람들이 주고받은 문자메시지 속에서 공통적으로 흐르는 호소 하나를 읽어낼 수 있었다. 그들은 사랑하는 것을 멈추지 말자고, 사랑에 관해 계속 써나가자고 외치고 있었다. 거기에는 두 가지 편견에 대한 암묵적인 반박이 있다.

- 첫 번째는 편지가 이제 종언을 고했다는 루머다. 그에 따르면 사람들은 쓰는 법을 잊어버렸고, 이미지는 글을 대체해버린 지 오래다. 그러나 사람들이 나날의 삶에서 비밀스레 교환하는 문자메시지들은 그 루머를 가장 아름다운 방식으로 반박하고 있지 않은가? 편지는 죽지 않았다. 테크놀로지의 발전이 우리에게 선사한 새로운 매체를 통해 진화했을 뿐이다. 어쩌면 편지는 그 어느 때보다 생생하게 살아 있는 것인지도 모른다.
- 두 번째는 낭만적인 사람이 되어봤자 하등 좋을 것 없다는 생각이다. 오랜 세월 동안 사람들은 "네가 나를 멀리할수록 나는 너를 좋

아할 것이다"라는 이 유명한 문장에 영향을 받아 사랑하는 사람에게 거리를 두고 낭만주의에 저항하는 방식을 선호해왔다. 이 기만적인 무관심의 제국을, 감정 표현을 금기시하는 제국을, 이제는 파괴할 필요가 있다. 그 방식은 시대에 뒤떨어진 구식이 되었다. 나의 인스타그램 계정에 매일 도착하는 수백 개의 사랑의 문자들이 그 증거다. 사랑의 문자들은 우리가 사랑의 혁명을 시작하는 세대라는 내적인 확신을 주었다.

이 서문을 쓰고 있는 지금 나는 'Amours Solitaires' 계정에 518개의 SMS를 올린 상태다. 올릴 만한 가치가 있지만 그러지 못했던 메시지까지 셈하면 그 백 배는 될 것이다. 그 기록을 읽어나가면서, 나는 각기 따로 작성된 문자들을 이어주는 선들을 발견할 수 있었다. 문자들을 차례로 배열하자 대화와 토론, 고백과 갈등이 생겨났다. 마치 이 텍스트들이 하나의 전체를 이루는 퍼즐의 조각인 것처럼 말이다. 나는 278명의 익명의 동료들이 보내온 메시지를 선택했고, 그것을 취합하자 바로 이 책이, SMS를 통한 두 사람의 사랑 이야기가 탄생했다.

이 책은 사랑에 빠진 고독한 사람들이 마주쳐 함께 연대하게 되는 장소다. 익명의 278개의 대화로부터 양분을 취한 이 위대한 사랑 이야기는 그들 모두가 함께 탄생시킨 것이다. 내가 모은 아름다운 재료들은 그로부터 수천 개의 각기 다른 사랑 이야기가 나올 수도 있었을 무궁무진한 가능성의 샘이었다. 그중에서 내가 선택한 이야기가, 바로 이것이다.

차례

들어가며

나가며
역자 후기

그는 한때 사랑을 알았고,
그녀는 사랑이 지나가는 것을 보았다.
이 책은 그들의 사랑에 관한 이야기다.
사랑은 단두대의 칼날처럼 떨어진다.
지금, 바로 여기에서.

1장

너와 함께 듣고 싶은 노래

1월 14일

혹시 내 번호 필요해? 급한 일 있을 때 / 내가 궁금할 때 / 욕조에서 갑자기 내 생각 날 때, 여기로 연락해. 오늘 저녁식사 고마웠어. 다른 것들도 정말 좋았고. 조만간 또 볼 수 있었으면 좋겠어.

오전 02:22

나 지금 살짝 제정신 아니거든? 이런 상태에서 말하는 거 조금 그렇지만… 지구가 생기고 낮과 밤이 나뉜 이래로 최고의 밤을 보내길 바랄게!

15

1월 15일

1월 16일

1월 17일

안녕! 오늘 햇볕 장난 아니게 좋네. 길을 걷다가 문득 생각이 나서. 잘 지내고 있는지 궁금해. ☀

오, 신기하다. 나도 네 생각하고 있었는데. 난 잘 지내. 에릭 사티의 〈벡사시옹〉이라는 곡 듣는 중이야. 우리 저번에 사티 이야기 했었잖아. 혹시 이 곡 알아? 정말 놀라운 작품이야. 사티는 연인 수잔 발라동이 자기를 버리고 떠났을 때 이 곡을 썼대. 짤막한 멜로디를 840번이나 반복해야 하는데, 그래서 공연이 12시간, 24시간씩 이어지기도 해. 굉장하지 않아? 이 곡을 너와 함께 듣고 싶다고 생각했어.

사랑의 아픔을 겪으면 미친 짓도 할 수 있게 되는 것 같아. 사티가 수잔에게 쓴 편지 한 구절이 떠오르네. "내가 어디에 있든지 나는 당신의 두 눈만을 봅니다."

바라보지 않을 수 없는 강박.

1월 18일

1월 19일

1월 20일

화요일 아침, 세 시간밖에
못 잤지만 일어나서 일해야
하는 사람을 위한 솔루션은?

오전 09:50

커피나 과일주스 마시기.
엄청 시끄러운 음악 듣기.
방 안을 뱅글뱅글 돌아다니기.
다 때려치우고 침대로 돌아가기.

커피부터 시작했어. 근데
20분 후엔 마지막 솔루션을
따르고 있더라. 나란 사람…
털썩.

푹 쉬어. 이렇게 된 거.
내가 낮잠 잘 때 듣는 음악
알려줄까? 보 스트러머의
〈데즈먼드〉라는 곡이야.
어쩌면 도움이 될지도.

19

1월 21일

1월 22일

잠이 안 와. 벌써 일주일째 이래.

자?

아니, 아직.

우리 수다나 떨까?
아무 주제나 던져봐.

환상.

환상을 품어본 적이 있어?

응, 여러 번.

혹시, '욕망'에 대한 환상?

음, 잘 모르겠어.

그럴 마음은 전혀 아니었는데 어쩌다 위조해버린 생각 같은 거였어.

언젠가 한번 욕망이라는 것에 완전 빠져본 적이 있어. 뭐랄까, 전율로 온몸이 떨리더라.

원래 뭐든 처음 하는 사람이 무섭게 빠지잖아. 욕망도 마찬가지지. 그래서 한 방 크게 먹게 되는 거고.

욕망은 항상 뜻밖의 곳에 있어. 미리 상상했던 그림에서 빗나가버리지.

환상에는 그림이 없거든. 말, 그리고 미지의 대상뿐이지.

네 환상은 어떤 거야?

글쎄, 지금으로서는 환상에 빠지지 않으려 애쓰고 있어. 오래 함께 지낸 사람과 관계가 끝난 지 얼마 안 됐거든. 너무 고통스러운 이별이었고, 이제 다시 중심을 잡아보려고 해. 과거에서 벗어나야지. 시간을 들여서 천천히.

1월 23일

1월 24일

오전 00:10

나 한잔했어. 약간 취했어. 실은 … 엄청 취했어. 오늘 내가 보고 듣고 읽은 거 전부 다 얘기해주고 싶어서 못 참겠다.신기하지?

앞으로 우리는 무궁무진하게 많은 대화를 할 수 있을 거야.

그래. 우리 앞엔 가능성의 바다가 있어.

24

1월 25일

1월 26일

오후 11:45

오늘은 지루해서 네 생각을 조금
했어. 그랬더니 덜 지루해지더라.
뭐든 좋으니 예쁜 말 좀 해줄래?
너랑 닮은 걸로.

오전 00:35

"나는 묘비요, 우상이다.
세이킬로스가 불멸하는 기억의
상징으로 나를 이곳에 세웠다."

세상에서 가장 오래된 노래래.

세상에서 가장 오래된 '사랑' 노래.

1월 27일

1월 28일

1월 29일

요즘은 책을 읽다가 널 떠올릴 때가 많아. 오늘 아침에는 나보코프를 읽는데, 살짝 소름 돋더라. 보내줄까?

응. 완전 좋지.

미리 경고해두는데, 이거 진짜 낭만적이다?

그럼 더 좋지.

확실해?

아마 그럴걸? 지금은 그래.

그런데 나 할 말 있어. 어젯밤에도 이 문제에 대해 오래 생각했어. 불면증이라 잠도 안 오고…

무슨 문제?

너랑 나. '지금' 우리가 어떤 사이인지.

28

나보코프의 편지 글이야. 읽어봐. "당신과 함께 있을 때면 마법의 말을 해야만 합니다. 마치 이 세상에 더는 존재하지 않는 사람에게 말을 건넬 때처럼 말입니다. 당신도 마법의 말이 지닌 순수함과 가벼움, 정확하고 올바른 음색을 알 테지요. 하지만 나는 진창에서 허우적대고만 있습니다. 왜냐하면, 사랑하는 사람이여, 당신의 이름은 바다의 물방울과 같은 소리를 내며 울려퍼지는 까닭에, 변변치 못한 애칭으로는 쉽게 상처 입기 때문입니다."

아름다운 글이네…
말문이 막힐 만큼.

사랑에 관한 말들은 사랑할 수밖에 없어. 너에게 편지를 써볼까? 그럼 편지 쓰는 일도 사랑하게 될 것 같아.

멋진 생각이야. 그런데 우리 문자 주고받는 속도 엄청 빠르잖아. 편지로는 핸드폰을 당해내지 못할 거야. 폰 때문에 너무 많은 게 바뀌었어. 이제 추억은 종이에 기록되지 않고, 과거를 되살리려 해도 백지에서 시작해야 해.

맞아. 가끔 너에게 문자를 보내는 게 선을 넘는 행동일까 봐 겁날 때가 있어. 하지만 넘어도 되는 선은 뭐고, 넘어서는 안 되는 선은 뭘까? 선을 넘는 행동이라는 게 정말 있는 걸까?

널 난처하게 하고 싶지 않아.

그런 걱정은 안 해도 돼.
좋은 하루 보내. 🌹

1월 30일

이렇게 예쁜 빈칸은
처음 받아보네. ㅎㅎ

어떻게 지내?
뭐하고 있었어?

플로베르의 러브레터를 읽고 있었어.
소박하고 아름다운 편지야. 봐봐.

"겨울이 오고, 나는 내가 당신을 사랑
한다는 사실을 알게 되었습니다.
당신의 불안이 내 것인 양 짙게 느껴
졌어요. 그때부터 내 마음 한구석에는
당신을 위해 비워둔 외딴 곳이 생겨
났습니다."

정말 멋지다!
종이편지의 시대란…

인터넷이 현대인의 심장을
어떻게 할 건지 생각해보는
중이야.

31

짓밟기?

꾹꾹 짓밟아서 불구덩이
속에 던져 넣기.

인터넷이 죽은 심장을 되살릴 수도 있어.

그치만 사랑은 너무 부서지기
쉬운걸. 쉽게 찾아오고 쉽게
떠나잖아. 너무 갑작스럽게.
사랑은 새벽빛 같아.

사랑이 아름답고 두려운 건 부서지기
쉽기 때문이겠지?

사랑은 갑자기 태어나서 갑자기
죽어버려. 활시위를 당기는
것처럼 눈 깜빡할 사이에.

사람들은 큐피드의 화살이 심장을
관통하는 순간에 대해 자주 이야기
하잖아. 근데 큐피드가 심장에서
화살을 뽑아낼 때가 언제인지는 별
관심 없는 것 같아.

큐피드의 화살은 양날의
검이야. 생명을 주는 동시에
거두어가버려.

1월 31일

오늘 밤 너랑 와인 한 잔 하고 싶다.

하지만 심각한 건 아니야, 알지?

그럼, 아주 잘 알고 있지. ㅋㅋ
언제든 방화벽을 내릴 수
있으니까.

우린 컨트롤할 수 있어.

그러다가 못하는 순간이
올 텐데? 휘발유통 옆에서
성냥으로 장난치는 것처럼.

오늘 밤엔 집에 있을 거야.
들르는 건 네 자유.

당장 갈게! 아무도 모르게!

네가 내 밤을 환하게 밝혀줬어.

멋진데? 그렇게 말해줘서 고마워.
우리 사이에 선 넘는 말이나 행동은
없었어. 자, 네 귀여운 두 눈을 감고,
이 대화창도 닫아봐. 너와 나는 대화창
안에서 살아가지만, 그것만으로도
충분히 아름답고 소중해.

넌 정말 사랑 그 자체야.
좀 더 일찍 만났어야
했는데. 그동안 인생을
허비했어.

2월 1일

미친 소리 하나만 할게.
오늘 아침 너와 함께 눈을
떴다면 얼마나 좋았을까.

오전 10:10

그랬다면 정말 좋았을 거야.

심장이 불규칙하게 뛰는
기분이야. 널 만난 후로
매일이 그래. 호흡을
가다듬기가 힘들어.

어젯밤 용기 내서 와준 거,
정말 감동이었어. 너한테 꽤
복잡하고 힘든 일이었다는
거 알아. 나 진심으로
행복했어.

덕분에 나도 순진무구한 바보처럼
푹 잤어. 요즘 너무 행복하다.
설레기도 하고. 겁날 때가 없는 건
아니지만…

35

네 마음이 아직 혼란스러워서 그래.

우리 어디까지 갈 수 있을까. 넌 불시에 찾아온 심장의 충격 같아. 그래서 이 상황이 더 아름다워지는 것 같기도 해. 역설적이지만.

기다림 속에 기쁨이 있나니. 신중함 속에, 감정들 속에 기쁨이 있나니.

이렇게 누군가를 만나게 된 건 정말 오랜만이야. 자주 일어나는 일이 아니니까. 내 현실이 무너지지 않도록 최선을 다해 현명하게 대처하려고 하고 있어. 나 자신과의 약속을 지키려고 노력 중이야.

그래, 그래야지…

한밤중에 너네 집에 갑자기 들이닥치지 않도록 애써볼게. 약속해.

아냐, 그러지 마. 매일 밤 그래주면 좋을 것 같은데?

2월 2일

너 지금 머릿속에서 뭐 생각하는지 알아. 내 등에 올라타서 근력운동 하고 있지?

ㅋㅋ 그거 알아? 원래도 네 문자 받으면 바보처럼 웃었는데, 요샌 거기에 귀염 떠는 게 섞였어…

2월 3일

오후 10:10

오후 10:50

이젠 못 참겠어. 말해야 겠다. 보고 싶어.

하고 싶은 이야기가 너무너무 많아.

오전 01:05

무슨 얘기?

오늘 밤엔 네가 너무 보고 싶어.

너도 그래?

나도 그래. 매일매일 점점 더.

2월 4일

2월 5일

네게 하고픈 말이 너무 많은데 어울리는 말을 찾을 수 없을 때가 있어. 내 마음을 어떻게 표현해야 할지 모르겠어.

음… 이런 거 아닐까? 우리가 서로 닮은 점을 찾아내고, 그걸 서로에게 알려주고, 그에 관해 오래오래 얘기하고, 즐거워하고, 너무 즐거워서 도대체 그만두지를 못하고, 함께 감동하고, 서로의 이야기에 놀라워하고… 이 모든 게 네겐 너무 큰 행복이고, 어떨 때는 너무 행복한 나머지 문자로 옮길 수가 없는 거야. 그런데 정말 그렇다면…
우리 진짜 난리났다.

2월 6일

오늘 밤 스윗한 글들을 많이 읽었어.
특히 나보코프의 편지가 멋졌어.
그래, 또 나보코프 타령이야!
하지만 그는 사랑 그 자체인걸.

"이제 숨기지 않을 겁니다. 나는
그동안 사람들에게 이해받지 못하는
것에 길들어져 있었습니다. 그래서
우리가 처음 만났을 때도, 나는 이게
장난이라고, 마술사의 속임수 같은
것이라고만 생각했지요. 하지만
그 이후에는… 말로 표현하기
너무 어렵군요. 말로 옮기는 순간
신비의 꽃가루가 사라져버릴까
두렵기 때문입니다. (…) 당신은
사랑스럽습니다. (…) 그래요, 나는
당신을, 나의 동화를 간절히 원하고
있습니다. 당신은 세상에 단 하나뿐인
사람이기 때문입니다. 내가 구름의
미묘한 명암에 대해 말할 수 있고, 내
마음이 부르는 노래에 대해 이야기할
수 있는 유일한 사람. 아침 출근길에 본
해바라기의 커다란 얼굴이 씨앗 전부를
동원해 활짝 웃어주었다고 말할 수
있는 이 세상 단 하나뿐인 사람."

이 글을 너에게 보내고 싶었어.

뭐라고 해야 할까.
사랑이라는 문제가 널
힘들게 하는 것 같아?

응, 엄청.

이해해. 사랑은 그럴 만한 가치가 있어.
이 세상 모든 것들 중에서 가장 신비롭고
골치 아픈 거니까.

그리고 가장 아름다운 거니까.

2월 7일

비밀 하나만 고백해도 돼?

당연하지.

너 잘생겼더라.

왜 금방 가버렸어? 바에서 마주치다니,
우리 인연인가 봐.

정말?

응, 네가 계속 있어줬다면 너무 좋았을 거야.

하지만 기다리는 기쁨이라는 것도 있으니까.

기다리는 동안엔 환상에 빠져 있게 되잖아.

그리고 환상은 인생에서 가장 멋진 거거든.

난 모르겠네.

기다림이 좌절되면 허무해지잖아.
환상도 좋지만, 너무 오래 빠져 있는
건 좋지 않은 것 같아.

내 말은, 행동으로 옮길
필요가 있다는 거야.

2월 8일

오늘 저녁 계획은?

글쎄, 그냥 좀 쉬고 싶은데.

매일 밤이 어제 같았으면
좋겠다. 너랑 우연히 마주쳐서
깜짝 놀라고 싶거든.

단, 네가 도망가버리면 안 되고.

그거 알아? 너를 한 번 보고 나면
자꾸만 더 보고 싶어져.

이젠 아주 잠깐 스쳐 지나
가기만 해도 정신을 차릴
수가 없다고.

45

나도 그래. 나도 그렇다는 거 알잖아. 이미 오래전부터 그랬어. 그런데 나 지금 우리가 되게 오랫동안 알았던 것처럼 말한다, 그지? 몇 주밖에 안 됐는데. 하지만 평생 알아왔던 것처럼 느껴져.

나도 마찬가지야.
시간은 상대적인 거니까.

그래, 그래서 난 시간에 도전하곤 해.
시간은 정말 인간적인 개념이야.

2월 9일

한 시간 뒤에 뭐할 거야?
좀 무모한 제안 같긴 하지만,
네 얼굴을 (또) 볼 수 있다면 아주
기쁠 것 같아. 오늘 일요일이잖아.
나 좀 우울하기도 하고.

우리 만날까? 만나서 한잔하자! 무모하고
우울하다니 오히려 잘됐네. 오늘 하루치
내 자제력이 끝장난 것을 축하하자고!

47

2월 10일

오전 09:06

오전 09:11

오전 09:30

오전 10:00

베이컨 고마워. 장미도. 물물교환으로
자급자족 경제 완성! 🖤

너와 함께 보내는 일요일이라면
그 어떤 소중한 것과도 바꿀 수
있어. 🖤

2월 11일

나 넘 우울해. 폰을 잘못 만지는 바람에 우리 문자가 다 지워졌어.

방금 나도 다 지웠어. 널 응원하는 의미에서. 다시 0에서 시작해보자.

아, 안 돼!
믿고 있었다고, 네 폰!

꼭 그렇게 처음부터
다시 시작해야 할까?

꼭 그런 건 아니지만…
덧없는 것도 나쁘지 않잖아?

언젠가 한 번 읽은 적 있다는 사실은
사라지지 않아. 그게 제일 중요하지.

2월 12일

네가 꿈에 계속 나와.

이렇게 된 거 그냥 확 같이
살아버릴까?

2월 13일

오후 07:30

인간이 싫어. 자꾸만 너랑 비교하게 돼. 예전보다 더 냉소적이게 됐어. 그래도 우울한 일은 줄어든 것 같아.

만날까? 같이 깔깔대면서 세상이 멸망하는 거나 구경하자.

오후 08:15

너희 집 앞이야.

2월 14일

오후 05:11

그거 알아? 넌 슬픔에 빠져
있을 때 정말 아름다워.

어제의 나 : 🧖
너 : 🌀
오늘의 나 : 🥀

52

2월 15일

오후 12:00

왜 자꾸 내 머릿속에
들어오는 건데?

날씨가 좋아서.

오후 04:40

속옷을 벗어버리니 인생이 아름다워!

오늘따라 널 괴롭히고 싶어.

괴롭혀줘.

넣어줘.

적셔줘.

2월 17일

힘들어. 죄의식을 느껴보려고도 했지만 잘 안 돼. 내가 이 상황을 컨트롤하지 못하는 것 같아서. 어떻게 하면 좋을지 머리를 쥐어짜보기도 했는데, 소용없어. 너한테 미친 짓들을 하고 싶어서 못 견디겠어. 머릿속을 떠나지 않아. 다른 생각은 할 수가 없어. 내 허벅지에 네 손이 놓이고, 어깨에 네 이가 파고들고 … 그럼 몸이 뜨거워져. 이게 상상이 아니라 현실인 것처럼. 네가 정말 내 옆에 있는 것처럼.

신실한 가톨릭 신자의 마음을 어지럽히시는군요.

이런 거 좋아. 취기가 올라올 때 길게 생각 안 하고 전송 버튼을 눌러버리는 거. 너도 한 번 해볼 필요가 있어.

지금 전송하고 싶은 사진이 있긴 한데… 인류의 도덕이 차마 용납할 수 없을 무시무시한 사진이라서 말이야. 머리끝에서 발끝까지 새빨개질걸.

맛보기로 몇 장 보내봐.
…준비됐어!

음… 어쩐지 나 지금
좀 무서운 거 같아…

2월 18일

오후 07:30

오늘 밤 파티할까?

춤추는 거 어때?
좋을 거 같지 않아?

좋아.

오전 3:28

어디야?

집이야. 좀 피곤해서 먼저
들어왔어. 좋은 시간 보내.

내가 뭐 잘못한 거라도 있어?

2월 19일

오후 12:00

뭔가 문제가 있었구나, 그치?
내가 뭐 실수한 거 있어?

오후 02:05

대단한 일은 아냐. 어떻게
설명해야 할지 모르겠네.

네게도 설명 못하는 게
있다니. 믿을 수가 없네.

어제 파티는, 음, 파티는 완벽하게
좋았어. 어젯밤 내가 예상하지
못했던 모습을 많이 봤어. 태평하고,
느긋하고… 겁 없고, 자유분방하고…
지치지도 않고 내내 춤추던 것도
그렇고. 그래, 솔직해질게. 쉬운 일은
아니지만. 네가 어떤 여자와 같이 있는
걸 봤어. 너무 괴로웠어. 나도 알아.
우리가 진짜 커플은 아니란 거. 내겐
너한테 괴롭다고 말할 권리가 없지.
그래서 집에 가서 곰곰이 생각해보는
게 낫겠다고 판단한 거야. 이건 절대 널
비난하는 게 아니야. 그래도 지금 우리
관계가 뭔지 생각해볼 필요는 있었어.
지난번 이별 때문에 많이 힘들었다고
했었지. 그래서 시간이 필요하다고.
이해해, 나도. 하지만 널 어떻게 대해야
할지 점점 더 모르겠단 것도 사실이야.
우리가 서로 끌리는 것도 사실이고,
종일 문자를 주고받는 것도 사실이니까.
내가 어떻게 해야 할지 모르겠어.

날 믿어줄래? 나도 너랑 비슷한 의심
을 할 때가 있어. 그 여자와는 아무 일도
없었고, 아무 감정도 없어. 지금 네 문자
때문에 마음이 복잡하네. 내가 느끼는
걸 전부 너와 나누고 싶을 때도 많지만,
성급한 것일까 봐 자꾸만 망설이게 돼.
아직은 다시 시작할 준비가 안 됐나 봐.

너무 고통스럽고 절망적이어서 연락을
끊고 싶은 순간이 오지 않기 바랄게.
그렇게 되면 정말 힘들 거야.

이해해. 이런 상황에 대처하는
게 쉽진 않을 거야.

내가 다짐한 게 있다는 거 기억하지?
네가 나를 점점 더 사로잡아서
그 다짐이 흔들리고 있어. 별일
아닌 것도 너와 함께하면 대단한
일이 되어버리더라. 맞아. 난 계속
저항하고 있는 것 같아. 하지만 네가
날 길들이는 방식을 좋아하게 된
것도 사실이야.

2월 20일

보고 싶어서 죽을 것 같아.

나도 네가 그리워. 너 없는 밤은 슬퍼.

61

2월 21일

사회에서 주입하는 연인과 사랑의 이데올로기, 형편없다고 생각하지 않아?

난 그런 거 안 믿어.

애인도?

애인을 배신한 적은 없어. 나까지 피곤해질 게 뻔하니까. 그리고 사랑처럼 아름다운 게 있는데 그걸 어떻게 피할 수 있겠어? 나는 언제나 상대가 자유롭기를 바랐어. 이유는 단순해. 우리는 타인의 몸을 완전히 소유할 수 없으니까. 물론 영혼도.

내 생각도 같아. 다른 사람과 함께 있을 때도 우리는 사람들과 분리된 채 전혀 다른 걸 경험할 수 있지. 하지만 나는 예전 관계들에서 자유연애를 제대로 성공해본 적이 없는 것 같아.

보통 그렇지. 어쨌든 난 자유연애를 지지해. 그렇다고 질투하지 않을 수 있을 거란 얘긴 아냐. 질투심이 생길 수밖에 없지. 그건 자연스러운 거야. 하지만 결국에는 질투심에서 자유로워지는 게 건강하다는 생각이 들어.

그렇지만 사랑은 배타적이어야 더 귀하고 소중한 게 아닐까?

언젠가 너랑 같이 살면 정말 좋을 거야.

나도 같은 마음이야. 하지만 우리가 서로 만나서 많은 걸 함께할 수 있게 된 것만도 행복한 일이잖아. 누가 알겠어? 언젠가 완벽히 자유롭게, 서로를 향해 느끼는 감정에 충실하며 살 수 있을지.

맞아. 넌 나한테 정말 잘해줘.

그게 제일 중요한 거니까.
널 아프게 하고 싶지 않아.
넌 이미 내게 중요한 사람이야.
어떨 땐 믿을 수 없기도 해.
넌 내가 늘 생각하는 소중한
사람이야.

어떻게 네가 날 아프게
할 수 있겠니.

네가 알아줬으면 좋겠어.
넌 내게 아주 중요한 사람이야.

오후 11:04

자?

아니.

너랑 차 뒷좌석에 앉아서
함께 오래오래 달리고 싶어.
이 밤을 가로질러서.

네가 내 어깨에 기댔으면
좋겠다.

그래, 그게 내가 할 수 있는
유일한 애정 표현이지.

어제, 아무도 없는 데서 단둘이
마주쳤잖아. 아주 잠깐이긴 했지만.
그럴 때 내 심장이 얼마나 두근대는지
알아? 몸을 어디에 둬야 할지, 어떻게
행동해야 할지 알 수 없게 돼.

나도 같은 걸 느꼈어. 신중한
사람들의 수줍음이라고 해야
할까? 난 그게 아름답다고
생각해.

맞아. 그 수줍음 뒤에서 욕망이
이글이글 불타오르지.

사랑이 불멸이 되려면 조금 돌아가야 하는 건지도 몰라. 단순한 욕망은 금방 사라지고, 깨지기 쉬우니까.

우리가 하나가 되어보지도 못하고 그냥 끝나버릴 수도 있을까?

여기 사랑 넘치는 내가 있는데, 왜 다른 곳에서 찾으려고 해?

혹시라도 나중에 내가 널 택하지 않겠다고 하면, 따귀를 갈겨버려.

2월 22일

우리가 서로 너무 좋아하게 돼서
고통에 몸부림치는 날이 올까?

응. 내 예감은 그래.

무슨 일이 벌어지든 한결같이
서로를 소중히 여기자.

넌 이미 내 마음속 깊은 곳에
무언가 아로새겨놨어. 넌 나에게
지울 수 없는 흔적을 남길 거야.

약속해! 이 상황이 널 아프게
하고 불편하게 하면, 언제든
나에게 꼭 말하겠다고.

응! 날 믿어. 지금은 그렇게까지
아프지는 않아. 마음이 좀 동해서
그렇지. 우리만의 이 특별한 관계도
나름 좋긴 하지만. 복잡하고
모호하달까? 감정이라는 게 원래
그러니까.

우리 하고 싶은 말이 있으면
숨기지 않기로 하자.

어제 너에게 좀 털어놓고 나니까
지금 상황이 훨씬 더 현실적으로
느껴져.

오후 11:20

나를 가로막고 선 벽 앞에서 옴짝달싹 못하고 있었어. 그때 네가 내게로 온 거야. 굳게 닫혀 있던 문과 창문이 활짝 열렸어. 내가 서 있던 끝없이 긴 복도에 신선한 공기가 밀려들어왔어. 드디어 숨을 쉴 수 있게 됐어. 저 멀리 하늘을 볼 수 있게 됐어. 네가 이 모든 걸 한 거야.

네 생각을 하면, 특히 이런 문자를 받으면, 내 마음은 여름이 돼.

2월 24일

너무 늦어지면 안 돼.

나 또 미쳐버릴 거야.

내 왕국은 늘 네 곁에 있어.

2월 25일

별거 아니긴 한데… 덕분에 왼손으로 양치하는 법을 익히게 됐어. 오른손으로는 전화를 받아야 하니까.

이렇게 뿌듯한 감정을 느낄 수 있다니 놀라워. 풍경을 바라보는 것, 하늘을 나는 비행기를 바라보는 것, 네 문자를 받는 것, 줄창 문자를 보내는 것, 이런 소소한 것들이 나를 가득 채워줘. 내가 진짜 있어야 할 곳은 바로 여기라는 그런 기분이야.

문자메시지의 단어들로 사람 하나를 만들어낼 수 있다는 게 신기해. 볼에 다정하게 뽀뽀하는 게 불같은 키스보다 더 소중할 수 있다는 것도 신기하고.

우연의 장난이 필연의 전략일 수 있다는 것도 신기해.

2월 26일

지금 너 보여.

돌아보면 내가 있을 거야.

오전 05:38

넌 정말 괜찮은 사람이야! 우연히 만날 때마다 그렇게 생각하게 돼. 내가 영 꼴이 말이 아니어도, 넌 뭔가 아름답고 독특한 것을 끌어내줘. 네가 그걸 알아주면 좋겠어. 오늘 밤 클럽에서 너 정말 멋졌어. 하지만 난 말썽쟁이고, 너만큼 잘해내진 못해. 화가 나서 밖으로 나가 씩씩대기나 하고. 매번 네가 그렇게 떠나도록 내버려두는 게 난 싫어…

말해줄 게 있어. 네가 날 알아보기 전에 사실 나 거의 한 시간이나 너를 보고 있었어. 넌 사람들 한가운데서 춤을 추면서, 치마를 펄럭이고 빙글빙글 돌고 있었지. 조명이 오직 너만 비추는 것 같았어. 네가 시의 주인공처럼 보이고 좀 낯설게 느껴지더라. 위스키 잔을 들고 그냥 처량하게 있었어. 널 그냥 집에 가버리게 한 건 아마 바보짓이었을 거야. 알아줘. 나 진심으로 너와 함께 밤을 보내고 싶다고 생각했어. 네 곁에서 눈뜰 수 있다면 좋겠다고 생각했어.

너 없는 'After'는 'Before'와 같아.

(어서) 전화해.

(빨리) 놀러와.

(지금) 배탈이 났어.

어디 있는지 (지금 당장) 좌표 보내.

세상에, 좀 기다려봐!

나 (이제 곧) 도착이야.

2월 27일

나오는데 문소리가 쾅 하고
났어. 그리고 계단을 막
뛰어내려왔지. 깡충깡충.

이제 나와서 거리를 걷고
있어. 헤죽거리며 웃고 있어.
네 생각 중이야.

내 생각을 하면서 웃고 있다는
문자를 읽으면서 나도 웃고 있어.

이제 너한테 고백해도 될 거 같아.
네 입은 죄를 저지르게 나를 유혹해!

나도 말할 거 있어. 입술을
핥으면 혀끝에서 네 입술이
느껴져.

74

있잖아, 나 오늘 새벽에야 깨달았어. 맑은 하늘 같은 네 피부에 입을 맞춰 떨게 하면 어떤 향이 날지, 어떤 맛이 날지, 그동안 내가 정말 많이 상상 해왔단 걸. 하지만 실제로 일어난 일은 상상 그 이상이었어. 인생에서 가장 미친 키스였어!

2장

**지금 우리는 아름다운 것을
만들어내고 있어**

2월 28일

오후 09:40

오늘 내 키스 어땠어? 좋았어?

우리 서로에게 뮤즈가 되어줄까?
넌 내 뮤즈, 난 네 뮤즈가 되는 거야.

오전 01:59

왜 난 매일 밤을 하얗게 지새는 걸까?
이 백야가 언제까지일지 좀 설명해줄래?

허벅지에 볼을 대고 키스
해줘. 그럼 말해줄게.

79

2월 29일

아이폰에 네 향기를 저장해둘 수 있었으면 좋겠어.

나도 하고 싶은 거 있어! 소파에 네가 누워 있고, 내가 말하면 네가 대답하고, 네가 말하면 나는 웃고, 그때 흘러나오는 음악을 네가 좋다고 해주고, 내가 또 너에게 이야기를 들려주고, 네가 나에게 키스하고, 나는 너를 안고, 네가 땀을 흘리고, 나는 가쁜 숨을 몰아쉬고…

지금 발코니로 나왔어. 달이 참 아름답네. 맨발로 서서 담배를 한 대 피웠어. 네 생각을 했어. 너의 머릿결, 너의 향기… 네가 보낸 문자를 읽고 또 읽어. 네가 여기 있었으면 좋겠어. 이 부드러운 밤, 너를 안을 수 있게.

오늘부터 며칠간 시골에 있을 건데, 네가 와주면 꿈만 같을 거야. 하지만 멀어서 안 되겠지?

네가 원한다면 지구 끝까지도
갈 거야.

여기도?

나 오늘 밤 너와 함께 있고 싶어.

조심해. 사랑의 불길에
화상을 입을 수도 있어.

﹒

바라는 바야. 네 불길에
화상을 입고, 활활 타올라서
재가 되는 거. 내가 진짜 그걸
바라면 넌 어떡할 거야?

네 시간 뒤에 만나!

3월 1일

3월 2일

3월 3일

우리 같이 보낸 지난 이틀을 계속 곱씹고 있어. 네가 담뱃불을 붙여줬지. 나는 발가벗은 채 소파 위에 누워 있었고. 오르가슴을 느꼈어. 솔직히 말하면 지금 내가 무슨 생각을 하고 있는 건지 나도 모르겠어. 모든 게 생각나는 것 같으면서도 아무것도 생각나지 않아. 내 눈을 바라보던 네 두 눈, 그걸 생각해.

이런 상쾌한 기분은 처음이야! 빗속에서 자전거를 타면서 노래를 불렀어. 책 정리를 하면서도 노래를 부르고, 실실 웃고… 허리 위쪽이 뜨끈해지는 감각을 느꼈어. 지난 이틀은 소박하지만 정말 아름다운 시간이었지. 먹고 마시고, 내키는 대로 이를 닦고, 영화를 틀고, 사랑을 하고, 영화가 어떻게 되건 말건 그냥 무시하고, 수다를 떨고, 웃고, 안마해주고, 애니를 보고, 또 먹고, 서로 바라보고, 또 웃고, 달려들어 사랑하고, 아주 늦게 잠들고… 전부 다 아름다웠어.

침대에 속눈썹이랑 머리카락 깜빡 놔두고 갔더라. 그러다간 언젠가 네 몸을 깜빡 놔두고 갈걸.

말에는 생명이 깃들어 있는 것 같아. 네가 어떤 말을 쓰면 그게 예쁘게 춤추기 시작하거든. 그럼 난 네 문자 메시지들을 허겁지겁 먹어 삼키지. 네게 논리정연한 말을 요구하지는 않을래. 내 생각도 엄청 논리적이고 그렇진 않으니까. 자유야말로 아름 다운 거잖아? 네 품에서 잠드는 건 정말 행복한 일이야. 그 안에서 나를 잃어버릴 때도 있어. 언젠가 이 이야기를 나눠보자.

너와 함께 이런 시간을 보내는 게 정말 좋아. 같이 있으면 너무 좋다고. 근데, 그게 너무, 너무너무 좋은 거 같단 말이지. 이건 말해야 할 것 같아. 같이 있으면 꽤 좋다, 아주 좋다, 이런 정도가 아니야. 기쁨이 나를 통째로 집어 삼켜버린달까. 네가 내 소유물이 될 수는 없는 거잖아. 근데 너를 가질 수 없다는 생각을 하면 거의 끙끙 앓게 되어버려. 넌 날 압도해버리거든. 물론 네가 내게 기쁨을 주는 사람이란 게 가장 먼저지. 이 세상 모든 사람들이 줄 수 있는 기쁨보다 훨씬 더 많이 너는 기쁨을 줘. 세상의 관습과 도덕이 허용하는 것보다 훨씬 더 많이. 너란 사람은 너무 흥미진진해서… 내가 흥미로워질 시간이 없어. 그래서 행복해.

내 머릿속도 온통 네가 차지해버렸어. 도무지 책을 읽을 수가 없네. 심지어 횡단보도에서 빨간불을 못 보고 그냥 지나가기도 해. 나도 너 덕분에 행복해. 그것도 엄청. 넌 살아오면서 많은 사람들을 만나왔겠지. 그중에는 좋은 사람도 있었을 거고, 바보 같은 사람도 있었을 거야. 한 번 인사하고 끝인 사람, 만나자마자 중요한 자리를 차지하게 된 사람도 있었을 거고. 또 어떤 사람은 연금술의 기적처럼 첫눈에 따귀를 맞은 듯한 충격을 주기도 하지. 아주 오래전부터 서로를 알아왔던 것 같다고 느끼게 해주고 말이야. 너는 그 사람 안에서 자신을 다시 발견하게 되고, 그 사람과 네가 삶에 대해 똑같은 전망을 갖고 있다는 것을 실감하게 되지. 너무 딱 맞아서 거의 두려울 정도로 말이야. 몇 주 전에 이런 만남이 나한테 찾아왔어. 지난 이틀 동안 그 만남이 정말 그런 만남이구나 하는 확신을 얻었고. 이제 난 너 없이 살 수 없어.

"내 마음 한구석에 당신을 위해 비워둔 외딴 곳이 생겨났어요."

3월 4일

지난 며칠간 이런저런 일을 겪고서, 우리 둘이 어떤 관계인 건지 다시 생각해봤어. 우리는 어디로 가고 있는 걸까? 네 생각을 잘 모르겠어. 넌 이런 얘기는 언급하길 꺼린다는 느낌이 들어. 하지만 이제 직면해야 할 때가 아닐까?

너무 깊이 생각하고 싶지 않아. 주어지는 상황에 맞춰 지내려고 하고 있어. 어딘가에 날 집어넣고 라벨을 붙이는 건 불편해. 분석하려고 하지 않는 게 가장 좋다고 생각해.

어떻게 생각해?

나도 한동안은 괜찮을 것 같아.

3월 5일

"인생만큼이나
섹스도 잘 풀린다."

"저는 즉흥적인 타입입니다만."

"난 그런 타입의 여자
좋아해요."

"그럼 우리 예상했던
것보다 잘 풀리겠네요."

"마이 베이비, 우리 케미가
좋을 것 같지 않아요?"

"당연하죠."

"좋소! 그렇다면 옷 같은 건
갈기갈기 찢어 던져버리고
내 품에 달려들겠소, 아니면
문명화된 인간 행세를 하겠소?"

"애처럼 굴지 마."

"황홀하오. 그대가 그렇게
말할 때면 그대 입을 향한
열망이 나를 정복해버린다오."

3월 6일

오후 10:02

달콤한 사랑의 말 같은 거 해줄 수 있어? 엎드려 절 받기는 별로지만… 부자연스럽잖아. 억지스럽고. 그치만 나 지금 달콤한 말을 듣고 좀 웃어야겠어. 네 이야기를 들을 때는 아무 걱정 없이 순수하게 웃을 수 있으니까. 어떤 이야기든 좋아, 네가 원하는 거라면. 이건 피타고라스의 정리 같은 거야. 그냥 그렇게 되도록 되어 있거든. 네 이야기가 내 마음을 어루만져줄 거야.

네 미소에 입 맞추고 싶어!

3월 7일

(아직도 널 원하고 있어…! 너와 사랑을 나누는 상상, 널 만나 어루만지는 상상이 머릿속을 떠나질 않아. 이번 주는 도가 좀 지나친 거 같아. 정상 범주를 넘어섰어. 이러다간 위험해질 거야.)

전 위험하게 사는 걸 즐긴답니다.

3월 8일

오전 00:40

너와 함께 할 수 있어서 좋아.
내게 와줘서 고마워.

어쩌면 너무 이른 건지도 모르고…
너무 늦은 건지도 몰라.

완벽한 타이밍일지도 모르지.

3월 9일

<3

<3 <4 <5, 그리고 무한대.

이런데도 내가 너에게 미치지 않을 수 있을 거라 생각해?

3월 10일

오늘 아침 눈을 떴을 때 내가 있고 싶었던 곳은 단 한 군데였어. 네 다리 사이.

네 자리에 아직 온기가 남아 있다는 걸 잊지 마. 소파 위, 침대 속, 내 다리 사이, 그리고 내 인생에도. 자리가 차갑게 식어버리게 내버려두지 마, 알았지?

3월 11일

벌써 보고 싶어.

난 언제나 보고 싶어.

오전 00:36

자?

아니, 나 여기 있어.

할 말이 있어서.

듣고 있어요.

우리가 만난 건 있을 법하지 않은 일이었어. 나에겐 그래. 상상도 할 수 없는 일이었지. 그리고 우리는 서로 많은 걸 주고받았고, 덕분에 내 삶은 갑자기 뒤죽박죽이 됐어. 난 그림자나 마찬가지인 사람이야. 그게 아니라면, 최소한 내 지난 과거는 그림자 같았지. 이제는 모르겠어. 여태껏 내가 확신해왔던 것, 뿌리내리고 있던 자리들을 너는 전부 무너뜨렸어. 넌 내 머리가 심장에 귀 기울이게 해주었고, 내 몸, 내 자아를 모두 통째로 바꿔놨어. 넌 내가 더 잘 볼 수 있게 해주었고, 눈물 흘리게 했어. 날 부서지기 쉽게 만들었고, 미래를 갈망하게 했고, 너를 소중히 여기기 위해서라도 나 자신을 사랑하게 해줬어. 너는 나를 살아 있게 하고, 추위 속에 있게 하기도 하고, 내 안의 남자를 전율시키기도 해. 이제 더는 기다리고 싶지 않아. 과거의 기억을 치유할 방법을 절망적으로 찾고 있었는데, 사실은 이미 치유됐었던 거야. 나를 고쳐준 건 너야.

감동받았어, 나. 심장이 쿵쾅거려서 차분하게 생각을 이어나갈 수가 없네.

95

그런데 있잖아. 사실 나… 꼭 해야 할 말이 있어. 타이밍이 좋지 않게 되어버렸네. 하지만 이제 너와 나 사이에 숨기는 게 있어서는 안 되잖아?

세 달 뒤에 외국으로 나가 살게 됐어. 너무 좋은 기회여서 놓칠 수가 없어.

오전 02:30

너 지금, 네 손으로 내 심장을 으스러뜨린 거 알아?

그렇게 문자를 많이 주고 받았는데 외국에 간다는 말을 할 타이밍을 못 찾았다니 그게 말이 돼? 너무 큰일이라 오늘 밤엔 정리하기 힘들 것 같아. 시간을 좀 줄게. 나중에 이야기하자.

미안해. 진심으로. 너에게 언제, 어떻게 이걸 이야기해야 할지 도저히 알 수가 없었어. 혹시 너무 이른 건 아닐까? 벌써 너무 늦어버린 건 아닐까? … 생각해봐, 우리 사이에 뭐가 정말 시작된 건 아니었잖아. 쉽게 해결될 단순한 일이 아니라는 거 알아. 하지만 난 네가 코앞에서 문을 닫아버릴까 봐 겁이 났어.

너는 말도 안 된다고 할지도 모르겠어. 하지만 나는 우리가 어디까지 함께 갈 수 있는지 지켜보고 싶었어. 첫 번째, 두 번째, 그리고 열다섯 번째… 이렇게, 얼마나 오래 함께할 수 있을지 알고 싶었던 거라고.

내가 떠날 때까지, 어쩌면 그 후까지… 넌 이제 자유로워지기로 결심했잖아. 네 마음, 네 영혼 모두 자유로워지기로. 난 그 자유를 너와 함께 누리고 싶은 거야.

하지만 그 자유는 시한부잖아.

문자로 해결될 일이 아닌 것 같아.
내일 만나서 얘기하지 않을래?

3월 12일

오후 08:48

오전 00:23

오전 09:30

오후 02:40

오후 11:58

3월 13일

우리 관계가 단단해서 흔들리지 않는 것이기를 꿈꿨어. 우리가 만나게 된 게 워낙 상상 밖의 일이라, 그만큼 욕심도 더 났던 것 같아. 그래서 막상 우리가 이루어질지도 모른다고 생각하니 믿어지지 않았나 봐. 참 바보 같은 이유지. 이제 넌 준비가 돼 있는데, 내가 마음을 정할 수가 없네. 우리가 함께해도 되는지.

3월 14일

오후 11:46

답이 없으니까 미칠 것 같아.
말을 걸어줘. 뭐라도 적어서
보내줘.

101

3월 15일

오전 03:05

3월 16일

잘 지내는지 궁금해. 그뿐이야.

오후 03:00

내가 마치 로렌 바콜이 기차를 타고 떠나도록 내버려둔 험프리 보가트 같아. 40년대 느와르 영화 속 한 장면처럼. 내 머릿속엔 널 위한 방이 있어. 거긴 지금 뒤죽박죽에 엉망진창이고 완전 카오스야. 난 상처받았어. 미리 알려주지도 않고 떠나기로 결정했다니, 믿을 수 없고 괴로워. 하지만 혼란스런 와중에 이상한 흥분도 느껴져. 어쩌면 우리가 함께 특별한 경험을 할 수 있을지도 모르니까. 모순적인 감정 이지만.

지금 네가 말한 거, 우리가 말없이 보낸 며칠간 나도 생각했던 거야. 외국으로 가기로 했다고 선언한 건 나인데 무슨 황당한 생각이냐고 할 수도 있겠지만.

너만 괜찮다면 이대로 내버려두지 않을래? 서두르자. 그냥 사랑에 빠져 버리는 거야! 힘들 거라는 것도 알고, 어디로 튈지 예측할 수 없다는 것도 잘 알아. 이젠 너도 알게 됐잖아. 내가 세 달 뒤에 떠난다는 걸. 세 달 후에 우린 절대 '우리'가 될 수 없어. 보통의 나였다면 게임을 하려고 했을 거야. 하지만 너하고는 게임하고 싶지 않아. 자, 여기 있는 칩을 몽땅 다 가져. 네가 이겼어! 아니, '우리'가 이겼어!

기다릴게. 오늘 밤 넌 내 손을 잡고 왈츠를 추게 될 거야. 우리, 내일이 없는 것처럼 웃어보자. 우리 앞에 가로놓인 것들을 싹 쓸어버리자. 그리고 처음부터 시작하는 거야. 너만 좋다면, 우린 함께 반짝반짝 빛날 수 있어.

사랑하기도 전에 상처 입히는 건 정말 원치 않아. 너도 알 거야…

할 말이 있어. 널 공격하거나 비난할 생각은 없단 걸 알아줘. 넌 내 마음의 일부가 됐어. 그리고 며칠간 내 마음을 휘저어놓은 건 너야. 날 납치에서 풀어줘. 몸값을 줄게.

어떤 몸값? 뭐든 괜찮아.

내 몸과 하룻밤 몽땅. 네 템포에 맞춰서.

🖤그거 알아? 넌 정말 최고야. 밤에 우리 집에 와. 저녁 준비 해놓고 기다릴게.

미안해. 갑자기 일이 생겨서 못 가게 됐어.

● ● ●

이렇게까지 허망한 건 처음이야…!!

3월 17일

오전 02:52

내일 일 끝나고 다섯 시쯤 들를게.
줄 게 있어.

오전 09:00

건물 앞에 있을게. 차디차게
식어버린 어제의 저녁식사와 함께.

오후 05:20

딱 10분 함께 있었을 뿐인데 오늘
있었던 나머지 일들은 다 잊어버렸어.
네가 준 쪽지를 주머니에 넣은 뒤
정신이 쏙 빠져서 집에 어떻게 돌아
가야 하는지도 모르겠지 뭐야. 뛰어서
가야 하나, 뒤로 걸어야 하나 헤맸어.

오후 05:50

네 편지, 짧고 단순했지만 그래서 더
완벽했어. 읽고 눈물이 났어. 편지는
내 인생에서 가장 소중한 물건들이
있는 서랍에 넣고 평생 간직할 거야.

좀 무서워. 마치 불발탄을 안고 있는 것 같아. 시간이 지났는데도 폭발하지 않아서 언제 폭발해도 이상할 것 없는 시한폭탄. 내일, 한 달 뒤, 세 달 뒤… 가장 두려운 건 세 달 뒤지만, 그 이전이나 이후나 두렵긴 마찬가지야. 그래도… 우리에게 주어진 이 시간을 즐겨야지. 시간의 흐름에 대해서는 생각하지 않을래.

너와 함께 있으면 진정한 나 자신이 된 기분이야.

인생에는 함께인 날들도, 홀로인 날들도 있어. 그동안 여러 일을 겪으면서 알게 됐지. 네가 없다면 곁에 누가 있든 내 삶은 홀로인 삶이야.

이제 확신할 수 있게 됐어. 네가 내 관점을 바꿔놓았지. 나 이제 죽고 싶다는 생각 같은 건 하지 않아. 둘이서 함께 세상을 새롭게 발견하고, 둘이서 함께 세상을 즐기고 싶어. 네가 날 바꿔놓은 거야. 그게 기뻐. 네가 의심하지 않고 만끽하는 이 힘의 느낌이 좋아. 나에게, 우리에게, 힘이 있다는 것이 느껴져서 좋아. 널 바라보고, 두 눈을 감고 있는 널 바라보고, 그리고 나 자신에 대해 잊어버리고, 모든 것에 대해 잊어버리고… 난 관찰해. 네가 널 둘러싸고 있는 세상 속에서 어떻게 살고 대처하는지 바라보지. 네 모든 게 날 사로잡아. 네가 내게 오기 전, 나는 군중 속에서도 혼자였고, 행복해지는 걸 두려워했고, 아름다움이 존재한다는 걸 믿기 두려워했어. 슬픔 속에서 오지 않을 뭔가를 기다리느라 지쳐 있었지. 슬픔 속에 있는 게 차라리 편안하고 안심이 된다고 타협해버렸어. 그러다 네가 내게 온 거야.

그러니까, 설령 이게 힘든 일이라 해도, 난 우리에게 남아 있는 이 세 달의 시간을 너와 함께 보내고 싶어. 최선을 다해서 강렬하게.

넌 정말 믿을 수 없을 정도로 멋진 사람 이야. 비록 짧은 길이지만, 네가 나에게 주는 거대한 행복을 생각하면서 눈을 감고 너와 함께 이 길을 오를 거야.

지난 몇 해 동안 난 마음속에 시를 가득 모아두고 있었어. 하나같이 멋들어진 형식의 아름다운 시였지. 하지만 그걸로 할 수 있는 게 아무것도 없었어. 그래서 난 움츠러들었지. 어떻게 시를 표현할지, 어떻게 시를 빚어낼지, 그걸 현실의 삶에 어떻게 대면시킬 수 있을지 몰랐어. 이제는 어떻게 해야 할지 알아. 지난 몇 해는 우리의 만남을 위한 준비기간이었던 거야.

네가 가져다준 기쁨에 대해 내가 얼마나 고마워하고 있는지 너는 절대 모를 거야. 이 마음을 전할 방법을 찾을 수가 없네.

고백할 게 있어. 널 처음 만났을 때 나는 죽어 있었어. 죽은 거나 다름없었지. 근데 넌 차분하게, 아주 오랫동안 내게 시선을 고정하고 있었어. 용기를 내서 그 시선을 마주하는 순간, 나는 갓 태어난 아기처럼 순진하게 그 속에 빠져들 수밖에 없었어. 네가 말했지. "좋아!" 모든 걸 선명하게 기억하진 못하겠어. 미안. 그때 네 눈동자 색과 입술 모양을 분석하느라 다른 생각할 겨를이 없었던 것 같아. 그날 널 그냥 가버리게 내버려둔 건 바보 같은 짓이었어. 아무리 처음 만난 날이었다 해도.

저녁에 우리 집에 밥 먹으러 올래?
이번엔 진짜로 와야 돼. 절대 그냥
가버리게 두지 않을 거야. 약속! 🖤

8시 30분까지는 꼭 도착할게.
약속!

3월 18일

오전 10:00

어젯밤은 긴 여행을 마치고 집으로 돌아온 기분이었어. 지난날들의 고단함 때문인지 새로운 날들의 소망 때문인지, 좀 울었어. 넌 내가 머물 수 있는 기슭이야. 나의 항구고, 나의 미래야.

얼마나 고마운지 몰라. 이 고마움을 어떻게 말해야 할지… 네게 약속했었지? 네가 나와 똑같은 걸 느낄 수 있게 정말 노력할 거라고. 다 잘 될 거야. 모든 게 아름다울 거야.

내 몸엔 아직도 네 향기가 남아 있어. 몸을 조금만 움직여도 살갗이 명령하기 시작해. 모든 감각을 동원해서 널 찾으라고. 가서 너를 찾으라고, 네 옷을 벗기라고, 네 앞에 무릎을 꿇으라고, 그리고 다리 사이에 얼굴을 묻으라고. 내가 가진 모든 힘을 끌어내서 사랑을 나누라고. 너를 통해 나 자신을 다시 찾으라고. 네가 몸의 가장 후미진 구석까지도 느낄 수 있게 만들라고. 사랑의 자각몽 속에 있는 것 같아. 성난 격정이 네 이름을 부르짖는 욕망의 회오리바람 한가운데서, 나는 이 세상에 권태라는 것이 실존한다는 걸 잊게 돼…

3월 19일

네 자그마한 머리를 안고 싶어 미치겠다.

이제 난 너 없이는 아무것도 아냐.

오후 09:02

그럼 이제 너와 나,
우리 둘은 뭘까?

지켜봐. 지금 우리는 아름다운 것을
만들어내고 있어.

3장

할 말이 있어

4월 21일

오후 06:40

오늘 밤에 필요한 거 있어?

너.

으쓱하네. 내가 아침에 눈뜰 때
가장 먼저 하는 생각은 뭘까?
바로 네 몸.

(음탕한 미소)

(끈적한 시선)

(입술을 살짝 깨문다)

(네 허리에 손을 올린다)

(눈을 감고 입을 반쯤 연다)

침대에서 기다려. 옷을 벗고,
다리를 벌리고. 지금 가고 있어.
같이 즐기는 거야!

4월 22일

젠장! 이제야 알았어!!!!

왜???? 뭘????

우리 사랑의 하늘에서는
절대 태양이 지지 않아…

118

4월 23일

완벽하게 세팅된 네 머리를 사랑해.
내 다리로 그걸 엉망으로 만들어
버리는 것도.

내가 세상에서 제일 좋아하는
속옷이 뭔지 알아? 네 손이야.

이리 와. 안아줄게! 한 손은 스웨터
안에, 다른 손은 치마 속에 들어갔어.
네 가슴은 내 가슴 위에 꼭 붙어 있고.

달링, 오늘 밤에 봐.

4월 24일

오전 05:02

지금 어디야?

나 지금 너무 슬프고 화가 나서 그냥 돌아가는 게 좋을 것 같아.

●●●

잠깐만, 좀 기다려봐.
무슨 일인지나 좀 알자.
왜 그래?

오전 06:30

내가 잘못 생각한 걸 수도 있지만, 오늘 네 태도 좀 무례했어. 네가 무슨 짓을 한 건지 모르고 있다는 것도 실망이야. 우리가 독점적 연애관계를 맺을지 분명히 한 적은 없었지. 그래도 난 이 문제가 이미 분명해졌다고 생각해왔어. 오늘 밤 넌 정말 실수한 거야.

있어봐, 나 잘 이해가 안 가는데. 그냥 좀 오래 대화를 나눈 것 뿐이야. 다른 속셈 같은 건 전혀 없었어. 널 모욕할 만한 일은 아무것도 없었다고. 왜 이렇게 반응하는지 정말 모르겠다.

내가 상처 입었다는 게 중요해. 네가 그 여자를 바라보던 시선이 맘에 안 들어. 너와 그 사람 사이에 실제로 무슨 일이 있었는지는 중요한 게 아냐. 게다가 넌 나에게 무심했어. 그 사람을 대할 때랑은 너무 달랐어. 거기에 또 상처받았어. 이제 뭘 더 어떻게 해야 할지 모르겠다. 독점 하지 않는 사랑 어쩌구 하는 건 정말 광대짓이었어. 난 내가 이상적이라고 생각하는 관계를 감당해낼 수 있는 사람은 아닌 것 같네.

잠깐만. 내 말도 좀 들어봐. 네가 알아야 할 건 이거야. 상처 입힐 생각은 조금도 없었어. 그래도 네가 상처 입었다면 미안. 용서해줘. 난 너와 함께 있는 것만으로도 충분해. 널 아프게 하고 싶지 않아. 절대 그러고 싶지 않아. 그래, 우리가 독점하지 않는 사랑에 대해 여러 번 이야기했던 거 나도 알지. 하지만 나도 그런 걸 현실에서 실천할 수 있을 거라곤 생각하지 않아.

문자로 이런 얘기 나누는 건 소모적인 짓이야. 우리 집에 올 수 있겠어? 오늘 밤을 이런 상태로 보낼 순 없어. 얼굴을 마주보고 진짜 목소리로 대화하고 싶어.

됐어. 별로 그러고 싶지 않아.

4월 25일

오후 02:30

어젯밤엔 내가 무슨 짓을 하는지도 모르고 네게 상처를 준 것 같아. 이미 기차는 멀어지고 있는데 그걸 잡아보려고 억지를 썼어. 깨진 잔을 갖고 상황을 바꿔보려다가 우리가 함께 만들어온 아름다운 것들을 전부 파괴해버렸어. 넌 나의 빛이야. 넌 내가, 우리가 기다려온 빛이야. 나의 뮤즈고, 사랑이고 친구이자 연인이고, 끝나지 않을 춤이고, 바람에 흩날리는 머리칼이고, 햇빛에 그을은 발이야. 미안해. 사랑해. 네가 상처받을 거라고 생각지 못했어. 사려 깊지 못하고 무감했던 거 미안해.

뭐라고 말해야 할지 모르겠다.

네가 말을 해도 불안하고, 침묵해도 불안해. 널 잃고 싶지 않아. 내 말 이해하겠니?

어젯밤엔 내가 좀 지나쳤던 것 같아. 내가 생각하던 것 이상으로 심하게 말한 것 같아. 하지만 두려웠어. 어제 일이 우리가 너무 오래 모른 척할 수는 없을 '그 일'을 가리키고 있단 생각이 들었어. 난 우리 둘이 어떤 관계인지 알아야겠어. 우리가 정말 연인인지, 아니면 얼마 뒤 떠날 나를 두고 벌이는 마음의 장난인지. 몇 달 연장할 뿐 깊이 빠질 생각은 없는 그런 사이인지. 이걸 분명히 해두지 않으면 이 관계도 유지할 수 없을 것 같아.

오후 04:10

난 언제나 우리가 '독점적인' 관계이길 원했어. 이건 의심해본 적이 없어. 비록 우리가 말로 확인한 것은 아니지만. 그리고 네가 곧 떠나야 하지만…. 기억해. 난 네 거야. 난 우리가 서로에게 속하기를 바라. 넌 아직도 잘 모르는 것 같아. 네가 내 인생에 들어온 이후로, 처음부터, 난 너야말로 바로 내 사람이라고 생각했어…

나도 그래. 난 네 거야. 너 말곤 아무도 날 갖지 못해. 나는 몽땅 네 거야.

오늘 밤에 만나서 이야기하자.
꼭 만나서 이야기하고 싶어.

4월 26일

어젯밤에 말하고 싶었지만 몸이 말을 안 들어서 말 못 한 게 있어. 사랑해. 사랑해. 네 눈 아래 돋아난 애교점과 꾹 다문 입술의 입매를 사랑해. 불손하게 헝클어진 머리칼과 네가 사는 한밤의 저택을 사랑해. 거기서 보낸 내 밤들을 사랑해. 네 예민함과 감수성을 사랑해. 나를 위한 배려를 사랑해. 사랑해. 너는 내 마음속 혼란이 드리워놓은 그림자를 사랑하는 법을 나를 위해서 기꺼이 배워줬어. 우리 둘만 들을 수 있는 음악을 시간 속에 불어넣어줬고. 누가 뭐라 말하든 상관없어. 우리 둘이 함께라면 난 우리가 무한이 될 수 있을 거라 믿어.

오후 01:50

네가 내 마음을 흔들었어. 네 문자를 읽고 또 읽었어. 사랑해. 끝없이 사랑해. 이젠 이렇게 말하고 쓰는 게 두렵지 않아.

네 몸과 작은 머리를 사랑해. 내 곁에서 손 뻗으면 닿을 곳에 자고 있는 널 바라보면 세상이 아름다워지고 난 더 이상 슬프지 않게 돼. 사랑해, 넌 내 삶의 전부야. 맹세해. 내 삶은 언제나 너일 거야. 언제나, 언제나 너일 거야. 짐 싸서 우리 집에 올래? 며칠 함께 지내자. 내가 짐을 옮겨줄게. 사랑해. 자꾸 히죽히죽 웃게 돼. 네 그 미소⋯

그건 내 삶의 목표야!

127

4월 27일

4월 28일

널 정말 사랑하나 봐! 네 목소리를
듣고 나면 약간 ㅁㅇ리ㅏㅓㄷ쟈거
이런 상태가 되어버림.

4월 29일

4월 30일

우리 앞에 어떤 일이 기다리고 있을지 모르지만 이것만큼은 확실해. 우리는 함께 신나게 첨벙거렸고, 활활 불타올랐어. 향기롭고 달콤한 시간이었어. 다정하고 부드러웠지. 우리는 서로 할퀴고 땀을 흘렸어. 소리와 정적이 함께 있었어. 봄이면서도 겨울이었어. 대혼란 그 자체였지. 부서질 것 같으면서도 강인한. 네가 반쯤 잠들어 있을 때 그런 것처럼. 차분하지만 경계를 늦추지 않지. 그 단순함. 자연스러움. 취기. 자유.

지금껏 읽어온 사랑의 정의 중에서 가장 아름다운 글이야.

5월 1일

오후 09:00

자?

아니. 뭐해?

손장난을 즐기고 있었어.
1.저 아래 여기저기 산책하기
2.내 손이 네 손인 척하기

어디야?

침대 안, 깃털 이불 아래.

거기 그대로 있어. 조명
밝기는 낮추고. 미친 사람
처럼 날 다뤄줬으면 좋겠네.
온몸이 터질 것 같아.

이 생각만 강박적으로 하고 있어.

네가 날 할퀴면 좋겠어.

네가 날 물어뜯으면 좋겠어.

너에게 하는 짓을 즐기는 네 모습을 보고 싶어.

계속해.

네가 손으로는 그만하라고 간청하면서도, 눈으로는 정반대의 말을 하는 그런 순간을 사랑해.

네 신경 말단의 가장 작은 부분까지 내 맘대로 조종하고 싶어.

내 몸 아래 누운 널 꽁꽁 감싸고, 네 안에 빠져 죽고 싶어.

너, 동물이 되고픈 욕망을 부추기고 있어. 사랑을 나눌 때는 동물이 되니까.

네가 자기 이름을 잊어버릴 때까지 허리를 밀어붙이고 싶어. 그러다 내 입술로 네 귀를 어루만지고, 귓가에 네 이름을 속삭이고, 조금씩 생명을 돌려주고 싶어.

자비를 베풀어달라고 애원할 때까지 널
묶어놓고 몸이 뜨거워지게 하고 싶어.

접수. 어디다 사인하면 돼?

내 피부 위에.

네 혀로.

욕망에 불타 죽기 전에
폰 꺼야겠다. 🔥

야한 아이디어에 영감을 준
네 피부에 키스!

잘 자. 너도, 그리고 네 배꼽과
음부를 나누는 완벽한 나의
13cm도!

오전 08:40

이제 기차에 올라탔어, 마이 러브.
사랑해.

오전 09:45

여행 잘 다녀와! 🌹
지금 어떤 만화를 보고 있는데, 이걸 읽고
있으니 네 생각이 났어. 네 시선으로 나를
발견하게 되더라. 난 네가 그은 선과 평행
하게 나의 선을 긋고 있어. 우리는 흔적
위에 흔적이 겹치지 않게 결코 서로 교차
하지 않지. 우리가 각자 가는 길 사이의
거리는 완벽해. 손을 잡고, 껴안고, 사랑을
나누고, 말없이 서로 바라보기에 완벽한
거리를 유지하고 있어. 우리는 서로의
곁에서, 가까이에서, 서로를 사랑하고
있어. 꼭 거기여야만 하는 자리에서.

5월 3일

오후 06:15

네 천재성이 그리워.

작은 엉덩이도.

나도 보고 싶어. 벌써 시간이 엄청 많이 지나간 것 같아. 정말 널 떠나게 되면 어떨지 감히 상상하지도 못하겠어.

그 생각은 당분간 안 하는 게 좋을 거야. 가족이랑 즐거운 시간 보내. 🖤

5월 4일

여기 와이파이가 잘 안 잡혀.
이 말은 꼭 해야겠어서 문자해.
사랑해. 인터넷이 되건 안 되건
널 사랑한다는 사실은 변치
않을 거야!

너무 지루해, 질렸어… 너무 보고
싶어. 완전 미치광이가 되어버림.
네 얼굴을 못 보니까 시간이 흐를
수록 더더욱 미쳐가고 있음.

기억해. "기다림 속에
기쁨이 있나니!"

기다리는 자에게 복이 있나니…
내 인생에서 네가 나타나길 기다
리던 때만큼 인내심이 강했던 적도
없어. 그러니 조금쯤은 더 기다릴
수 있겠지. 우리가 20년 뒤에 만났
다면 어땠을지 생각해 봐! 그래,
이 정도는 나쁘지 않아…

오후 11:38

영원할 것 같던 저녁식사가 끝나고 드디어 침대에 들어왔어. 이제야 너한테 문자할 시간이 좀 나네.

너무 보고 싶어.

네가 필요해. 네가 내 앞에, 내 아래에, 내 위에 꼭 붙어 있어서 내가 어디에서 시작되고 어디에서 끝나는지 잊을 수 있었으면 좋겠어. 너와 함께 있고 싶어. 널 느끼고 싶고, 널 겪고 싶어. 그래서 네가 되어버리고 싶어!

내가 바라는 건 하나밖에 없어. 널 다시 만나서 꼭 껴안는 것. 완벽한 합일의 위험을 무릅쓰고, 하나로 녹아버릴 위험을 무릅쓰고, 다른 모든 것을 잊은 채 서로에게 내맡기는 것. 완벽하게 하나가 돼서 하나의 법칙을 따르고 싶어. 우리가 바랄 수 있는 최상의 목표는 진정한 의미에서 하나가 되는 것 아닐까?

영혼의 친구를 발견한
기분인데?

영혼의 친구는 말뿐인 게 아냐.
정말로 존재해.

5월 5일

오후 08:30

엄마가 연애사를 털어놓네.

스물한 살 먹은 어린애와 대화하는 기분이야.

사랑에 빠지면 남녀노소 가리지 않고 스물한 살이 되어버리는 게 확실해. 그게 사랑의 나이인가 봐.

무슨 이야기를 하셨어?

밑 빠진 독에 사랑을 쏟아 부은 뭐 그런 이야기.

엄마도 자기만의 인생을 살고 싶대.

어, 갑자기 드는 생각인데, 우리 문자 들을 폰 말고 다른 곳에도 저장해둬야 할 것 같아. 잃어버리지 않게.

너무 소중하니까.

계속 화면을 캡처해두기는 하는데, 분량이 넘 많아져서 이제 다른 방법을 찾아야 할 거 같아.

맞아. 이 문자메시지들은 우리가 공유하는 기억이니까.

폰을 도둑맞아서 전부 잃어 버린다면 참을 수 없을 거야.

5월 6일

아무것도 안 하고 네 생각만 하는 중. 하얀 벽, 햇살을 받아 뽀얗게 밝혀진 네 가슴, 네 엉덩이의 흉터, 우리의 손이 서로를 찾아내던 것, 우리 몸을 데워주던 열기, 우리가 나누던 몇 마디 말들이 결국 단 하나의 의미를 가리키던 것.

이렇게까지 사랑에 푹 빠져본 건 나도 처음이야. 이게 제대로 된 말이 맞는지 모르겠지만, 이렇게 '유망한' 사랑을 해본 적은 한 번도 없어.

나 마중하러 역에 나올 거야?

그럼. 오늘 밤에는 잠옷 필요 없다는 거 명심해.

5월 7일

지금 잠들어 있는
네 얼굴 보는 중이야.
너무 아름다워.

내 눈에 눈물이 맺혔어.

아름다움, 그건 네 환한 얼굴의
빛이 불러오는 노래야…

일하러 가야겠다.
좋은 하루 보내. ☼

오전 10:50

어젯밤 아주 끝내주는 재회였어.

있잖아, 네 얼굴을 바라보면
매번 너를 처음으로 발견하는
듯해. 이 세상에 너 말고 아는
사람은 아무도 없었던 것 같기도
하고. 이런 감정은 사전에 실린
단어 너머에, 인간의 말 너머에
있는 것 같아.

143

넌 내 사랑이야.
넌 내 피부 속에 있어.

넌 내 심장 속에 있어.

5월 8일

놀리지 마. 네 덕분에 '사랑과 사랑에
빠진' 것 같아.

널 만나기 전에는 사랑에 빠지는 게
뭔지 잘 알았던 것 같은데, 이제는
아무것도 모르겠어.

5월 9일

네가 출국할 때까지 겨우 한 달 남았어. 믿을 수가 없네. 함께 밤을 보내고 난 다음 날이면 더 그래. 어젯밤은 마치 우리가 하류로 흘러가는 물이 된 것 같았어. 세상이 시작할 때부터 서로를 알아왔던 것만 같았지.

나도 비슷한 걸 생각할 때가 있어. 모든 것이 물속에 휩쓸려 들어가버렸으면 좋겠다고.

네 시선을 처음 느낀 날, 나는 내 발로 늪에 걸어 들어간 거야.

146

5월 10일

네 허리를 느끼고 있어.

내 무릎으로 네 무릎을 못 움직이게 하고 있어.

이제 넌 꼼짝 못 해.

너는 권력을 욕망하는 것 같아.

5월 11일

오후 07:56

이게 꿈인지 현실인지 구분이 안 돼. 나는 지금 너를 보고 있어. 너의 등, 벗은 몸, 베개 위에 펼쳐진 짙은 색 머리카락, 입 맞추고 싶어지는 목덜미를 바라봐. 내가 가장 좋아하는 앵글이야. 시간이 멈추는 것만 같아. 그 순간은 기억에 각인되고, 욕망은 끓어오르고, 나는 감탄 속에서 길을 잃지.

너의 눈과 몸, 영혼이 아니었다면 그런 건 존재하지 못했을 거야. 얼마나 고마운지 몰라. 어떤 것으로도 이 마음은 충분히 전달하지 못할 거야. 넌 정말 다정해. 달콤해. 넌 나의 끔찍한 부분들마저도 소중하게 대해줘. 존재 자체로 박수를 받는 것 같아. 나도 응원을 받을 자격이 있었다는 것을 너 덕분에 알게 됐어. 그건 내가 정말 필요로 했던 거야.

내 마음을 결코 다 표현하지 못할 거야. 네게 이 '무언가'를 정말정말 들려주고 싶거든? 행복해서 돌아버릴 것 같은 마음, 네가 모든 것에 대해서… 근데 그걸 표현할 말이 없어. 저편에 있는 시의 땅에 닿지 못하는 기분이야. 시라고는 모르는 애송이가 된 것 같아.

5월 12일

오후 08:00

두 시간 뒤에 피갈에 도착합니다, 마담. 비정통적인 방식으로 키스 해주시길 부탁드립니다. 손님들이 쇼크를 받진 않을지 조금 걱정은 되는군요.

무슈, 거기 가서 당신의 입술과 불덩이에 키스하겠어요. 취기로 타오르고 있는 제가 할 수 있는 것은 단 하나, 바로 나의 자수정과 재회하길 기다리는 이 조급한 마음의 방정함에 축복을 내리는 것뿐 이랍니다.

주인이시여!

오후 10:30

네가 내 사람이 아니었다면 지금 헌팅했을 거야.

빨간 치마 너무 잘 어울려. 황홀해.

도착했어?!

내가 여기 없다고 생각하고 춤춰줘. 춤추는 모습이 나를 자극해.

5월 13일

최고였어. 네 품에 안겨 있다가 돌아나가 춤추고, 다시 네 품으로 돌아와 키스하는 것, 그게 뭐라고 그렇게 행복하던지. 음악이 울려 퍼지고, 사람들이 우릴 에워싸고 있었어. 너희 집 카펫 위에서 두 다리로 네 머리를 감싼 채 비명을 지르는 것만큼 좋지는 않았지만, 어쨌건 최고였어. ㅎㅎㅎ

헤어지고 한 시간밖에 안 지났는데 또 보고 싶어. 하지만 우린 얼마든지 수다를 떨 수 있잖아? 너 없인 못 참겠어. 그래서 문자 폭탄을 날리게 돼. 앞으로 어떤 일이 벌어질지 알 수는 없지만, 지금 이 순간만큼은 평생 네 곁에 있으면서 너를 지켜 주고 싶어.

5월 14일

휴…

그래

밤

당신과 함께하는 밤

아름답고 사랑스런 밤

인생은 농밀해지고

나의 심장

너의 심장

우리의 심장이 뛰어

너는 꿈을 꾸고

나는 꿈을 꾸고

아침이 올 때까지 꿈을 꾸고

정원을 나서는 것처럼
밤을 떠나

단춧구멍에는 꽃을 꽂고
손에는 풀을 들고

오후 12:00

옷을 벗어.
할 말이 있어.

152

5월 15일

오후 09:50

옛날 생각이 나. 그땐 평생의 사랑을 만날 수 있을 거라 믿었거든. 하지만 내가 알게 된 건 인간은 모두 혼자라는 차가운 진실이었어. 함께하기로 한 이후에도 우리는 혼자고, 곁에 머물러야 할 필연적인 이유는 없고, 떠나야 할 이유는 얼마든지 만들어낼 수 있었어. 굴욕적인 일이었지. 망쳐버린 연극이랄까. 그 연극에는 커튼이 없어서 배우들을 야유로부터 구할 수도 없어. 어쩌다 한 번 그럴싸한 일을 해낸 애송이가 자랑하고 싶어서 한 번 더 시도했다가 보란 듯이 바로 실패해버리는 것과 같아. 우리는 원해서 태어난 게 아니야. 그리고 태어나고 난 뒤의 삶은 우리가 얼마나 멍청한지를 증명하는 것의 연속이지. 날 불쌍히 여기는 사람은 있어도 내 사람은 없다는 것.

그게 내 믿음이었어.
그리고 널 만난 거야.

내 안에는 깊이 묻혀 있는 커다란 사랑의
상자가 있었어. 잊혀지고 버려진 채로
시간과 바람과 비에 닳아가고 있었지.
네가 그걸 파 올려줬어.

네 문자를 세 번이나 읽었어.
세 번 모두 머리부터 발끝까지
소름이 돋더라. 네 몸의 온기가
내 몸을 휩쓸고 지나가는 것
같았거든.

5월 16일

널 원해. 항상 널 원해. 내 품속,
네 품속, 내 이불 속, 너는 내 속에
파고들고, 너의 몸 위, 내 입술 위,
네 입술 위, 박동하는 내 심장,
내 볼은 붉어지고, 나는 네 목에
숨을 내쉬고, 내 등에는 너의 손이,
그리고 너무 많이 내뱉어버린 사랑
한다는 말.

너와 사랑을 나누던 걸 정말
그리워하게 될 거야.

내 사랑, 방법을 찾아낼 거야.
글로 사랑을 나눌 수도 있어.

그게 효과가 있을 거 같아?

해보고 싶어?

응.

날 믿어.

길어. 굵어. 휘었어.

●●●

작은 팬티를 입고 있어. 팬티를
벗어던졌더니 애벌레 같은 게 있어.

앞쪽은 살짝 젖어 있어.
뒤쪽으로 뭔가 뚫고 들어왔어.

●●●

●●●

네 가슴에 키스해.
살을 탐욕스럽게 핥아.

어때?

이젠 납득함.

오후 04:10

네가 알아야 할 게 있어. 웃지 마. 넌 우리가 젊고 어리석어서 몇 년 후에는 이 말이 아무 소용없을 거라 생각할 테니까. 그래도 들어 줘. 널 사랑해. 평생 사랑할 거야. 그게 쉬울 거란 말이 아냐. 네가 그만두고 싶어 하는 날이 오지 않을 거라는 뜻도 아냐. 그러면 이렇게 할게. 널 60년은 사랑하게 될 거야. 긴 시간이지 않아? 사실 그걸로 충분할지 모르겠어. 네가 얼마나 멋진 사람인지 다 아니까. 60년이 충분한 시간일지.

다시 태어날 때까지로 연장해보는 건 어때?

5월 18일

널 사랑하게 된 후로 시간이 얼마나 흘렀는지 새삼 떠올려볼 때가 있어. 아주 옛날부터 너를 사랑했던 것만 같거든. 내게 네 이름은 그 자체로 하나의 감각이야.

"너는 내게"로 시작하는 문장을 쓰기 시작했다가 그만뒀어. 여기에 뭔가 덧붙이지 않는 게 더 예쁠 것 같아서. 이 말만으로도 기쁨이 흘러넘치니까… "너는 내게", 바로 이게 지금껏 내게 일어난 최고의 일이야.

4장

감각의 시

6월 1일

오전 07:40

출국이 벌써 일주일 뒤로 다가
왔네. 마음이 너무 아파. 오늘
저녁에 데리러 갈 테니까
짐 챙겨 둬. 4일간 여행을 가자.
창밖으로 바다가 보이는
멋진 방을 예약해뒀어.

멋지다! 내 아픈 마음을 치유해주네.
약이 너무 잘 들어서 내 마음이 되레
다 부서질 것 같아…

6월 2일

6월 3일

6월 4일

6월 5일

6월 6일

그렇게 빨리 옷을 벗어본 건 처음이었어. ㅎㅎ 넌 어떻게 그럴 수 있는지 모르겠다. 아무튼, 사랑해. 땅 끝까지, 꿈 끝까지. 날 불안하게 만드는 그 일을 잊어버리려고 매일 머리끝까지 취할 만큼 술을 마셔. 사랑해.

나 이제 떠나는 거 싫어졌어. 매일 아침 널 볼 수 있었으면 좋겠어. 전쟁을 치르고 난 것처럼 헝클어진 네 머리가 좋아. 내가 사랑한다고 말하면 입 끝을 올리며 짓는 미소도. 내가 발가락을 탁자에 부딪힐 때 네가 빵 터지는 것도. 계속 볼 수 있었으면 좋겠어… 네가 내 생의 찬가가 되어주면 좋겠어. 내가 세운 도시의 뮤즈가 되어주면 좋겠어. 얼마 뒤 우리에게 일어날 일이 끔찍해.

사랑이란 말이 얼굴을 갖고 있다면 그건 네 얼굴일 거야. 우리가 함께 겪은 일들은 어떤 아름다운 말로도 대신할 수 없어. 밤의 깊은 곳에서 일어난 모든 일은 기억 속에 이렇게 살아 있고 앞으로도 살아있을 거야. 언제나 남아 있을 거야. 네가 그리울 거야. 몹시 그리울 거야.

전전날 밤 하고 싶은 거 있어?

대성통곡하며 섹스하기.

6월 7일

멀리 떨어져 있다고 해서 달라지는 건 없어. 넌 늘 내 맘속 어딘가에 있을 거니까. 그 자리는 정말 특별해서 뭐라 말로 표현할 수도 없고, 난 저항할 수도 없어. 내 사전에 '결코'라는 말은 없지만 이번에는 써야겠어. 넌 결코 날 떠나지 않을 거야. 취해 있을 때건 멀쩡할 때건 늘 아름다운 네 미소를 항상 내 곁에 둘 거야.

난 네게 미쳤어. 너와 함께 있을 때만 느낄 수 있던 모든 것에 미쳐버렸어. 그게 사랑이건, 어떻게 표현해야 할지 모를 다른 감정이건, 난 거기에 미쳐 있어. 사랑해. 내 앞에 있는 네 얼굴을 바라봐. 사랑해.

날 기다리고 있을 일들이 두려워. 몸이 굳어서 돌이 될 것 같아.

네가 끔찍할 만치 그리울 거야. 하지만 네가 이곳을 떠나 새로 출발하는 건 멋지고 대단한 일이야. 네 결단력, 힘과 용기에 감탄하고 있어.

모든 일이 잘 풀릴 거야. 난 알아. 너는 잠재력이 넘쳐나니까. 네가 어떤 사람인지 늘 기억해. 자신을 잃지 마. 소망을 잃지 말고 너 자신을 믿어…. 하지만 무엇보다 스스로를 잘 살피고 보살펴야 해. 그런 뒤에 내게 돌아오면 돼.

내가 그렇게 할 수 있을까?

그렇게 멀리 떨어져 있으면서도 우리 괜찮을 수 있을까?

물론 할 수 있어! 나만큼 널 믿는 사람은 아무도 없어. 그걸 알아줘. 몇 백 일의 시간 동안 너는 내 전부였어. 네 미래의 삶 속에 내 일부가 계속 남아 있길 바라. 나는 사랑을 믿어. 변함없는 사랑을 믿어. 언제나 그래왔어. 우리 앞에 있을 시련에 대해서는 걱정하지 말자. 그렇지 않아도 삶은 시련으로 가득 차 있으니까.

넌? 넌 잘 지낼 수 있을까?

내 걱정은 안 해도 돼. 난 널 사랑하고, 네 곁에서 너와 함께 있을 테니. 너는 내 반쪽이나 마찬가지야. 넌 내게 기대면 돼. 네가 어둠 속에 있을 때면 내가 빛을 밝혀줄게. 결코 너를 가만히 내버려두지 않을 거야, 절대로.

사랑해. 어떻게 누군가를 이렇게까지 사랑할 수 있을까 싶을 정도로. 내가 널 얼마나 사랑하는지 아무도 상상 못 할 거야. 우리가 오래 만난 사이는 아니지만. 이렇게까지 널 사랑하게 될 줄은 꿈에도 몰랐어.

6월 8일

사랑해. 이제 공항이야.

너 입력 중인 거 보여.

못하겠어.

뭘?

안 갔으면 좋겠어.

마지막 며칠 동안 이런저런 감정 때문에 힘들었어. 하지만 너 덕분에 나 자신을 다시 믿게 됐어. 앞으로 나아갈 힘도 생겼어. 네가 내 야망의 불을 지펴줬어. 너와 어울리는 야망, 너라는 사람의 고상함과 어울리는 야망, 너의 다정함과 따스함, 신뢰와 같은 높이에 있는 야망을 말이야. 입맞춤의 홍수와 강 같은 평화를 너에게 보낼게. 야망이 인생을 통째로 집어삼킬 수도 있지. 하지만 그것보다 더 고결한 것이 있을까? 걱정하지 마. 사랑해. 괜찮을 거야.

나의 공주님, 모든 게 엉망진창일 때 내게 해준 위안들을 잊지 못할 거야. 넌 내게 필요한 바로 그것을 줬어. 네 인생을 살아. 높이 날아올라. 난 언제나 네 곁에 있어.

그게 네 꿈이었으니까. 너를 떠나도록 두는 건 사랑하기 때문이야.

이제 비행기 안이야. 이륙하기 전 마지막 메시지를 뭐라고 보내야 할지 며칠 동안 고민했어. 적당한 걸 찾아낸 것 같아.

가위 바위 보 하자. 내가 이기면 넌 나를 못 잊는 거야.

이미 네가 이겼어. 사랑해. 편안한 비행되길 기도할게. 괜찮으면 도착해서 문자해줘. 넌 내게 일어난 일 중 가장 아름다운 사건이야.

6월 9일

편안한 비행이었길. 네가 떠났다는 게 아직 실감이 안 나네. 공기 중에 고립감이 떠돌고 있어. 넌 정말 사랑스러운 사람이었어. 내게 행운을 잔뜩 가져다 줬지. 오늘 저녁은 고독한 순간들의 무더기였어. 이불 속에 들어오기 전까지 계속 사람들에게 둘러싸여 있었지만 아무 소용이 없었어. 이렇게까지 혼자인 기분은 처음이야. 정말 짧은 기간이었지만 넌 내 전부가 됐고, 내 삶에서 가장 본질적인 것, 본질 그 자체가 됐어. 이미 예감하긴 했지만 이 몇 시간의 부재와 침묵만으로도 진실은 더 명백해졌어. 이제 너 없인 아무것도 친숙하게 느껴지지 않아. 난 좌표를 잃어버렸어. 너에 관해 이야기하고, 우리가 주고받은 문자들을 읽고, 네 사진을 자꾸만 봤어. 나를 안심시키고, 우리의 결속을 유지하려고, 네가 정말로 사라진 게 아니라 여전히 현존한다는 걸 확인하려고 말이야. 벌써 보고 싶어 미칠 것 같아. 넌 내 삶의 전부야. 네가 없으니까 내 침대마저도 낯설게 느껴져.

172

인내심을 가지고 네 기별을 기다리고 있어. 한심한 슬픔과 싸우면서. 우리가 서로 멀리 떨어져 있는 것에 장점은 없을지 찾아보려고 애써봐. 이번 참에 네게 글을 쓰고, 우리 사랑을 더 깊이 느끼고, 시험해보기도 하고, 내 안의 가장 깊은 곳에서 그 어느 때보다 단단히 뿌리 내리고 있는 널 느껴보고 싶어. 육신의 법칙 같은 것에 대해 생각하게 돼. 너는 내 몸의 진짜 일부가 됐으니까. 우리의 사랑이 내 몸 전체를 관통하고 있어. 너처럼 아름다운 사람이 날 사랑해줘서 정말 자랑스러워.

이렇게 금세 힘들어질 줄은 몰랐어. 이제 자러 가려고. 마음을 다해 널 꼭 껴안을게.

사랑해. 이제 막 착륙했어. 지금 너무 피곤하고, 네가 아주 멀리 있다고 생각하니 벌써 가슴이 찢어지는 것 같아. 내일 문자할게. 사랑해.

6월 10일

오후 03:00

결국 밤새 깨어 있었어. 비행기 안에서 엄청 울었어. 얼마나 오랫동안일지 모르는 상태에서 모든 걸 내버려두고 멀리 떠나왔다는 이 느낌 때문에 너무 심란해. 잠도 자지 않고 네 문자들을 읽었어. 매번 같은 감정을 느끼며 읽고, 또 읽고, 그렇게 원환을 그리면서. 지난 며칠간은 세상이 뒤집어지는 것처럼 강렬한 날들이었어. 고마워. 존재의 위대한 순간들, 삶과 사랑의 순간들을 있게 해줘서 고마워. 널 바라보면 네 눈 속에서 언제나 변치 않는 빛을 발견할 수 있어. 그게 내가 매일매일 살아있게 하는 힘이야. 그 순진무구함, 사람과 삶을 향한 사랑, 그걸 잃지 말아줘. 그 생명력을 잃지 말아줘. 가는 곳 어디에나 마법을 거는 네가 얼마나 아름다운지…. 네 살결과 입술, 시선, 몸에 대한 기억이 나와 함께 있어. 혼자일 때, 향수를 느끼게 될 때, 난 마음속에서 너에게로 되돌아갈 거야. 너와 함께한 기억을 향해 열려 있는 창문 앞으로 돌아갈 거야. 저 멀리 지평선에 시선을 두고 있는 그 젊은 남자에게로 되돌아갈 거야. 그리고 그는 아름다웠다고, 그의 두 눈은 내가 결코 본 적 없는 불꽃을 지니고 있었다고 말할 거야.

174

그리고 난 그에게 입을 맞출 거야. 마지막으로 한 번 더. 내 사랑, 그다음 일에 대해서는 걱정하지 마. 우리는 함께 이 먼 거리에 맞설 거야.

집을 정리했어. 지난 몇 시간(벌써 얼마나 됐지?)의 "흔적들"을 지워보려고. 기억이 흐릿하게만 남으면 오히려 두통이 오는 것 같아서. 한여름 뜨거운 모래가 피부에 닿는 느낌 같아. 다시 시작해야 해. 우리가 나눈 것들의 장부에 할퀸 상처를 추가했어. 또한 잃어버렸다 되찾은 것들의 사무실을 차렸지. 네 미소는 내 기억 속에 단단하게 닻을 내리고 있어. 그건 담보물이야. 다시 만나는 날 돌려줄게. 난 널 어루만져보고 있어. 혀끝으로, 힘겹게. 신기루를 어루만지는 것처럼. 그래서 이 노력은 실패하게 되고, 욕망이 끓어오르게 되지. 사랑해. 정리 잘하고. 시간 나면 전화해.

175

6월 11일

2,200km 떨어져 있지만 넌 내가 여전히 세상에서 가장 간절히 원하는 인간이야.

너를 보러 갈게. 네가 멀리 있다는 느낌이 안 들어. 지구가 그렇게까지 크다고 느껴지지 않아.

내가 어디에 있든 내 집은 너야.

176

6월 12일

내가 무슨 생각한 줄 알아? 너랑 레퓨블리크 광장에 한 번 더 가고 싶다는 생각을 했어. 취해서 노상 방뇨를 하고 함께 깔깔 넘어가면 좋겠단 생각. 그리고 태양 아래서, 너를 내 뒤에 태우고, 계곡을 따라 보드를 타고 내려왔으면 좋겠다는 생각. 이런 것도 있어. 기차역에서 추위에 떨다 너에게 바짝 다가서고, 널 어떻게 한 번 해보려고 별 시답 잖은 장난을 치고, 뜨거운 물속에서 널 꼭 껴안고, 정신을 잃을 때까지 너를 사랑하는 것.

오전 08:00

넌 나의 완벽한 아침이야.

우리는 햇빛 쏟아지는 아침과 비 내리는 오후를 위해 창조되었지.

전화할까?

지금 바로 전화 걸게.

177

6월 13일

그동안 찍었던 동영상과 사진을 보는 중이야.

이 추억을 다시 사는 것으로 남은 생을 다 보낼 수도 있을 것 같다.

그러지 마. 추억은 앞으로도 계속 만들 수 있어.

6월 14일

어제도 난 밤의 눈꺼풀을 닫지 못했어. 계속 네 생각을 했어. 네가 날 기쁨으로 가득 채워주던 순간, 그 미소, 그 행복감, 그 기쁨, 짧지만 강렬하던 그 순간들, 우리가 어린애처럼 뛰놀던 것, 그런 걸 생각했어. 내가 무조건적으로 널 사랑한다는 걸 알아줬으면 해.

너무 오래 너를 못 보고는 못 견딜 것 같아서 비행기 티켓을 알아봤어. 10월에 보러 갈 수 있을 것 같아. 어떻게 생각해?

이런 문자를 기다려왔어! 당장 티켓 끊어!

6월 15일

오전 03:10

우리의 심장박동을 기억하는 중이야.

그리고 네 가슴 위에 흐트러진 내 머리칼을. 네 등을 할퀴던 내 손가락을. 구겨진 시트를. 바닥에 떨어진 옷을.

네 머리칼을 움켜쥐던 내 손을, 네 입술 위의 내 입술을, 흔들리던 침대를, 잊혀진 우리의 물음들을.

튕겨 오르던 내 몸을, 내 목 위에서 헐떡거리던 네 숨결을, 긴박하던 시간을, 정적 속에 잠긴 세계를, 네 침묵 속의 내 한숨을.

그리고 네 휘어진 등을, 물결처럼 움직이던 내 허리를, 유유히 흘러가던 밤을, 하얗게 불태웠던 사랑을, 타오르던 우리의 몸을.

정열의 정의가 이런 거겠지? 언젠가 아들딸들에게 우리가 인생에서 한 번, 정말로 정열적이었던 적 있다고 말해줄 수 있을 거야.

우리가 정말 운이 좋았다고, 그리고 행복했다고 말해줄 수 있을 거야.

그때 우리는 진정 살아 있었다고, 정말로 살아 있음을 느낄 수 있었다고 말해줄 수 있을 거야.

그리고 나머지는 모두 잊어버렸다고 말해줄 수 있을 거야.

세상에 우리 둘을 제외하곤 아무것도 없었다고 말해줄 수 있을 거야.

6월 16일

네가 침대에 두고 간 티셔츠는
고문이자 기쁨이야. 티셔츠는 여기
있지만 너는 여기 없으니까. 잔뜩
취해서 집에 왔어.

고백할 게 있어. 나 네 바지 훔쳐왔어.

너 없이는 오르가슴도 그냥 밋밋해.

그 이야긴 하지 마.
약간만 자극해도
욕망이 끓어오르니까.

넌 날 미치게 만들어. 사진을 보는
중이야. 넌 정말 예뻐. 젠장, 넌 정말
예뻐! 네 몸을 사랑해, 미친놈처럼.
너 때문에 병에 걸렸어. 열병을 앓고
있어. 고개를 갸웃하던 것, 헐떡이는
숨결, 비명, 만족한 미소를 지으며
눈을 감던 것⋯. 네가 고플 때 난
위험한 사람이 된다고.

6월 17일

오전 00:20

사랑해. 내 모든 힘을 다 바쳐서!

그거 괜찮은데?

6월 18일

어떻게 이럴 수 있을까? 네가 떠나고 난 뒤로 도시의 향기가 변해버렸어. 제자리걸음만 하고 있는 것 같아. 어디도 집중이 안 돼. 에티엔 다오의 음악을 듣고 있어. 사람들을 만나지 않는 건 아닌데 지루해서 죽을 지경이야.

전화해서 네 생활에 대해 모두 이야기해주지 않을래? 그럼 나도 조금은 살아 있는 기분을 느낄 수 있을 것 같아.

오전 00:10

● ● ●

오전 02:06

네가 답문을 주지 않으면 너무 힘들어. 불길한 상상을 하게 되거든. 잘 자.

184

오전 10:00

내 사랑, 미안해. 종일 정신없이 보내는 바람에 폰을 들여다볼 여유가 없었어. 하지만 매순간 널 생각하고 있었어. 내가 어딜 가든, 넌 내 모든 발걸음 곁에 함께 있어.

너무 보고 싶어. 알지? 네가 얼마나 멀리 떨어져 있는지 생각하면 무력함을 느껴. 너를 다시는 만나지 못할 수도 있다는 생각에 배 속이 서늘해지는 느낌이야. 매일 네가 예정보다 일찍 돌아와주길 바라고 있어. 내게 문자를 계속 보내줬으면 해. 그러면 이 거리가 더는 두렵지 않고, 너와 늘 함께하는 느낌일 테니까.

오후 03:16

넌 늘 나와 함께하고 있어. "너를 위해 비워둔 내 마음 한구석에 언제나 네가 있어."

압박감으로 숨 막혀. 너무 싫어. 이건 나답지 않아.

네가 언제 날 울리는지 알아? 날 울리려는 의도 없이 그냥 말을 던질 때야. 그냥 너는 네 자신이 되면 돼. 내가 널 사랑하잖아. 다른 누구도 아닌 바로 너를. 그러니까 넌 그냥 너를 사랑하면 돼. 내 기분을 상하게 할까 봐 걱정하지 말고. 부디 네 방식대로 날 사랑해줘. 그러면 난 너를 훨씬 더 사랑하게 될 거야. 그럴 수밖에 없을 테니까.

6월 20일

오후 08:20

네가 없는 삶은 거지같아.

네가 정말, 정말, 정말정말 보고 싶어. 몸이 아플 정도로. 네가 없으니까 만사가 지긋지긋해. 너와 폭소를 터트릴 수도 없고 눈물이 날 때까지 웃을 수도 없어서 이제는 아예 웃지 않게 됐어. 널 보는 게 너무 당연해서 그 기쁨에 길들여졌나봐. 덕분에 서로를 알아가는 것이 뭔지 알게 됐고, 타인을 완벽하게 알아가는 것을 배웠어. 고마워. 너와 함께 한다는 게 어떤 의미였는지 알게 됐어. 그리고 이제 더는 그럴 수 없다는 것이 어떤 의미인지도 뼈저리게 느끼고 있고.

사랑해. 그건 절대 의심하지 마. 나는 이제 어느 정도 평정심을 되찾았어. 네 마음에 평화가 깃드는 데 내 사랑이 도움이 된다면, 자, 여기 있으니 가져가. 내가 매일 네 생각을 한다는 것, 앞으로도 늘 그럴 것이라는 것을 기억해. 멀리 있으니 그리 쉽지만은 않지만, 내가 느끼는 긍정적인 감정들과 너를 향한 마음의 불길을 전하려고 노력하고 있어. "사랑해"라고 말하는 방법은 여러 가지가 있잖아. 사랑한다는 말은 이제 너무 진부한 것이 되어버렸어. 나는 너를 생각할 때마다 진심으로 살아 있음을 느껴. 이 마음은 세상에 있는 말로 정의할 수 없어. 멀리 떨어져 있다 해도, 헤어져 있다 해도 그건 변하지 않아. 그러니 뭔가 말하려고 하기보단 눈을 감아봐. 그리고 내가 널 바라볼 때의 그 눈빛을 생각해. 도움이 될 거야. 내 말이 뭔지 알 거야.

6월 21일

내 얼굴 위로 햇빛이 쏟아지고 있어!

아… 그 입 다물라!
여긴 지금 18도야….

여긴 지금 딱 네 체온이야.

여기가 얼마나 따뜻한지
알려주고 싶어서. 😌

자극하는 건 커피 세 잔 수준인걸…
내가 지금 코를 쑤셔 박고 뒤지고
싶은 게 네 다리 사이인지, 네 인터넷
방문기록인지 모르겠어….

189

6월 22일

오전 03:00

파티에서 돌아왔어. 나 완전 취했어. 우울해. 택시기사랑 싸우다가 길바닥에 나뒹굴 뻔했어. 내 마음은 산산이 부서졌어. 천 개로 조각났어.

이젠 못하겠어. 이렇게 멀리서는 안 돼. 널 정말 사랑해. 이렇게 멀리 떨어진 지금만큼 널 간절히 원한 적이 없어. 이미 충분해. 너무 멀리 있어. 너무 멀어. 이젠 못하겠어. 요즘 내가 시간을 어떻게 보내는 줄 알아? 종일 머릿속에서 네게 보낼 시를 써. 이 시들을 정말 보낸 적은 없어. 왜냐하면⋯ 이건 감각의 시여서 말로는 옮길 수 없거든. 어서 돌아와. 와서 내 곁에 살아줘.

오전 07:00

이젠 우리가 멀리 떨어져 있다는 생각을 견딜 수가 없어. 우리가 불행해질 수도 있다는 생각을 견딜 수 없어. 다른 사람들은 행복하다는 생각을 견딜 수 없어. 날 믿어줘. 우리는 아직 젊고, 걱정할 것도 없어. 서로를 되찾고 다시 사랑할 수 있을 거야. 윙크 한 번처럼 쉽게.

190

5장

사랑해,
내가 상처를 줬어

(한 달 뒤)

7월 23일

7월 24일

7월 25일

7월 26일

7월 27일

오후 10:50

지난 보름 동안 슬프고 끔찍했어. 네가 내 전화를 받지 않아서. 시간은 느리게 흘러가고, 새로운 하루가 시작되나 싶어도 그 끝은 전날과 같았어. 과거 속에 감금된 기분이야. 어젯밤에 네 꿈을 꿨어. 꿈속에서 넌 날 이해하는 것 같았어.

7월 28일

정말 못해먹겠다. 네 문자 하나 받는 게
어쩜 이렇게까지 어려울 수가 있지?

벌써 몇 주간 널 찾아 헤맸지만 실패
했어. 사용설명서라도 있나? 정말 모르
겠다. 내 사용설명서는 이케아만큼이나
간단한데. 꼭 필요한 도구와 약간의
시간만 있으면 되는데.

미안. 어젯밤 좀 늦게 들어왔어.
여기 인터넷 연결 상태도 안 좋고.
잘 지내지?

...

7월 29일

7월 30일

7월 31일

오전 10:21

좋은 하루 보내.
잘 지내고 있길.

8월 1일

8월 2일

8월 3일

기억해? 처음에 난 아직 사랑할 준비가 되지 않았다고 했어. 그때 난 타인에게 의지해야만 하는 상황에서 도망치고 싶었어. 네가 내 눈을 바라볼 때 그 시선에 비치는 사랑이 두렵기도 했어. 서로 사랑하는 건 좋지만 지나치진 않길 바랐어. 서로 그리워하는 것도 좋지만 그것도 지나치지 않길 바랐고. 나는 자유롭고 싶었어. 누구에게도 속하고 싶지 않았어.

네가 떠나기 전까지는 그 결심을 잊지 않도록 채찍질해왔어. 하지만…

사랑을 잃어가는 것 같아 고통스러워. 아직도 난 어딜 가든 널 호흡하고 있어. 거리를 걸을 때면 혹시 널 만날 수 있지 않을까 두리번거리게 돼. 마주치는 모든 사람들에게서 네 얼굴을 봐. 젠장…. 이런 일이 일어나길 바란 게 아닌데. 힘을 잃지 않고 싶었는데. 봐, 지금 나는 이렇게 약하고, 텅 비어 있고, 길을 잃어버렸어. 네 향기, 네 체온, 네 부드러운 등의 살결을 잃어버렸으니까. 사랑을 두려워하지 말라고 말하던 네 목소리를 잃어버렸으니까.

201

8월 4일

8월 5일

오전 12:45

정말 미안. 이번에도
폰을 볼 여유가 없었어.

전화해도 될까? 생생한 목소리로
직접 얘기 나누는 게 좋지 않을까?

됐어.

8월 6일

8월 7일

우리, 대화가 필요한 거 같아.

이렇게 바닥없는 우물처럼 침묵하는 건
나도 마찬가지로 힘들어.

우리는 늘 숨기는 것 없이 다 터놓았잖아.
이제 와서 그러지 말란 법도 없지 않아?

모르겠어. 하지만 나도 같은 생각인
거 같아. 아마도.

아직 날 사랑해?

본질적으로는 그런 것 같아. 그리고 내 마음의 한 조각은 평생 널 사랑할 거야. 하지만 다른 부분들은 조금씩 죽어가고 있어. 처음엔 바싹 마른 스펀지가 물을 흡수하는 것처럼 맹렬했지만, 이제는 공간이 더 없는 거지. 처음에 우리는 자그마했어. 이제 우리는 너무 거대해져버렸지.

들어봐. 너 때문에 인생이 천 조각으로 부서져버렸다 해도, 난 너를 알게 된 것이 행운이라고 생각해. 네 덕분에 진심으로 사랑한다는 게 무엇인지 알게 됐으니까. 지금도 마찬가지야. 난 사랑이 뭔지 알고 있어. 그건 내가 여전히 널 사랑하고 있기 때문이야. 가늠할 수 없을 정도로 많이. 미움도, 후회도, 회한의 감정도 없이.

사랑의 불길이 힘을 조금 잃은 것뿐이야. 멀리 떨어져 있어서 권태로워진 거야. 말과 글만으로는 충분히 가닿지 못하는 느낌이 드니까 애정을 더 갈망하게 되는 거야.

그럼 어떻게 하는 게
좋겠어? 헤어질까?

싫어. 난 널 사랑해. 너는
헤어졌으면 좋겠어? 그게
바라는 거야?

당연히 아니야.

그건 아주 데카르트적인 정신을
요구하는 질문이야. 대답하기 어렵지.

데카르트적인 정신은 몰라도 내 정신은
이렇게 말하고 있어. "내 사랑, 어서
프랑스로 돌아와." 배경에는 에티엔
다오의 노래가 흐르고 있지.

네가 그리워.

그럼 돌아와.

아직은 돌아갈 수 없어. 너도 알잖아. 미안해. 널 고통스럽게 해서 미안해. 답이 늦어도 너무 늦었지. 그것도 미안해. 지금 내가 바라는 건 하나뿐이야. 우리가 다시 만났을 때 너무 늦어버린 것이 아니었으면 좋겠어. 그렇게 되면 넌 나를 기다리고 있지 않을 테니까. 하지만 지금 난 맹세할 수 있어. 넌 나한테 매달려야 할 필요 없어. 난 언제나 그래왔던 것처럼 널 사랑할 거니까. 어떤 조건도 없이, 어떤 불안도 없이, 너를 사랑하고 있으니까. 너는 나 때문에 고통받지 않아도 돼. 맹세해.

우리가 다시 만나는 날 모든 게 이미 늦어버린 건 아닐지 네게 장담은 못하겠어. 폰에만 의지해야 하는 이 상황에 진력이 나. 폰 너머로 감정을 나누는 것도, 폰으로는 알 수 없는 것이 너무 많다는 것도 힘들어. 가끔은 내가 계속할 수 있을지 정말 모르겠어.

널 사랑한 이후로, 네가 떠난 이후로, 이렇게까지 외로웠던 적은 없었던 것 같아. 그렇지만 너를 사랑하지 않을 수 없어. 나를 제어할 수가 없어. 하지만 끝없이 밀려오는 고독을 감당해야 하지.

가끔 다른 여자들을 보다가 깜짝 놀라곤 해. 그 사람들이 나를 보살펴주고 품에 꼭 안아주면 좋겠다고, 위로해주면 좋겠다고 간절하게 바라게 되거든.

이런 문자를 읽는 건 쉬운 일이 아냐. 방금 네 문자 받고 폰을 부술 뻔했어. 하지만 그게 뭔지 나도 알겠어. 나도 똑같은 느낌일 때가 있으니까.

지금 무슨 일이 일어나고 있는지 모르겠네. 이렇게 사랑하는데도, 다른 사람에게서 위로받고 싶어 하다니, 어떻게 이런 아이러니가 있을까?

이 문제에 대해 좀 생각해보고
내일 다시 이야기하자. 피곤해서
쓰러질 것 같아.

그치만 잠들기 전에 마지막으로 이 말을
할 수 있게 허락해줘. 사랑해. 보고 싶어서
못 견디겠어. 끝없이 널 바라보고 싶어.
난 너를 위해 여기 있어. 네 속에서 기어
나오는 악마를 내 손으로 물리쳐줄 거야.
사랑해. 젠장!

8월 8일

어젯밤에도 한숨도 못 잤어. 생각을 곱씹고 또 곱씹어봤지만 납득할 수밖에 없었지. 우리는 서로의 곁에 있도록 창조되었어. 내가 돌아갈 준비를 마치고 너는 날 맞이할 준비가 되어 있을 그날을 기다려. 그때는 우리가 행복해질 준비가 된 순간일 거야. 하지만 지금은 아냐. 우린 우리 일에 대해 생각해야만 해. 모든 것을 포기하기는 아직 일러. 네가 너 자신이 정말로 누구인지 이미 알고 있다면, 잘됐어. 축하해. 하지만 난 여전히 아무것도 모르겠어. 나는 아직도 내 영혼의 불가사의한 물 위를 항해하고 있어. 처음에는 나도 너에게 전부 다 줄 준비가 되었다고 믿었어. 그러고 싶다고 실제로 느꼈으니까. 하지만 사실은 아니었던 거야. 나는 준비된 상태와는 천 마일이나 떨어져 있었던 거야. 네 전화를 받지 못했던 건 이해하기 힘든 내 마음 상태 때문 이었어. 난 여전히 우리 사랑을 포기 해선 안 된다고 생각해. 그건 최악의 시나리오야. 하지만 서로에게 자유의 여지를 더 많이 줄 수는 있을 거야. 외로움을 채우기 위해서 말이야. 할 일과 하지 않아야 할 일을 정확히 구별하면서. 이 자유의 여지를 신성 불가침의 것으로 두는 거야.

211

읽고 있자니 좀 괴로운 문자네.

오전 10:00

나도 어젯밤에 잠을 설쳤어. 나로서는 어마어마하게 고통스러운 일이었지만, 몇 시간 고민하다 보니 너랑 같은 결론에 이르게 됐어. 우리는 이렇게 멀리에서 독점적인 사랑을 할 준비가 되어 있지 않았구나. 나도 알겠어.

이렇게 말하면서도 심장이 뽑혀 나가는 기분을 느껴. 널 사랑하니까. 하지만 내가 너를 사랑하는 건 조금 특별한 방식이기도 한 것 같아. 때때로 사람들이 어떤 특별한 영혼과 마주친 이후로 갖게 되는 감정처럼. 그 사람들은 어떻게 사랑에 빠졌는지, 왜 사랑에 빠졌는지도 모른 채로 사랑하게 돼. 난 너의 어떤 부분을 사랑하는 게 아니라 전체를 사랑해. 네 존재 전부를 사랑해. 네가 내게 무엇을 주건 주지 않건 상관없이, 난 널 사랑할 거고, 내 삶 속에 언제나 널 간직할 거야.

그러니 나도 네 의견에 동의할게. 우리에게 자유를 돌려주되, 이 사랑에 상처 입히는 일은 하지 말자. 이렇게 말은 하고 있지만 여전히 무서워. 겁이 나서 몸이 마비될 것 같아.

뭐가 겁나는데?

네 마음이 내게서 정말로 떠나버릴까 봐.

오전 10:11

내 말 잘 들어. 난 세상 반대쪽 끝으로 와 있어. 이게 상황을 복잡하게 만들고 있지. 하지만 그게 내 사랑을 변하게 만들지는 못했어. 처음 만난 그날처럼 너를 사랑하고 있어. 넌 내게 찾아온 한 송이 야생화야. 매번 사랑에 실패하던 내게 어느 날 나타나 손을 잡아주었지. 내 불투명한 과거와 불확실한 현재를 사랑해줬어. 내 의심을 너는 폭소 한 방으로 전부 사라지게 해줬어.

너는 부드러운 햇살 같아. 날 진정시키는 귀한 햇살이야. 내 뺨을 붉게 물들게 하지. 눈부신 사람이야, 넌. 이제 난 사랑이 쉽기만 한 일이 아니라는 걸 알아. 너무 멀리 가지는 마. 내 심장이 감당할 수 있는 무게는 나를 사랑해주는 네 몸의 무게, 오직 그뿐이야.

내 심장은 너를 떠나지 않을 거야. 내 심장은 네게만 속해 있어. 약속해. 별 감정을 부여하진 말고, 그냥 모험을 한번 해보는 거야.

우리가 자유연애에 대해 나누었던 대화 기억하지? 한 번 해보는 거야. 어때? 현실에서 성공해본 적은 없지만, 그 이상을 시도해보는 거야. 물론 사랑은 지키면서. 우리는 지금 서로 떨어져 있으니, 얼마간 그걸 허락해보자.

우리는 독립성을 되찾게 될 거야. 다시 만날 때까지 우린 혼자서도 충분히 잘 살 수 있어야 해.

강해지는 것 말고 다른 선택지는 없어. 우린 강해져야만 해.

너와 연락이 닿지 않는 동안 널 대신할 사람을 찾아다니며 시간을 보냈어. 하지만 지금은 네가 여기 있지. 이제 다른 사람을 찾을 필요가 없어.

눈물이 나. 눈물이 나서 볼을 타고 흘러내리고 있어.

…사랑해. 용기를 내야 해.

8월 9일

8월 10일

잠들 수가 없어.
넌 자?

오전 04:05

문자 지금 봤네.
이제 막 집에 왔어.

217

8월 11일

8월 12일

네 현존의 부재, 혹은 네 부재의 현존.
뭐라고 불러도 좋아. 하지만 결국 같은
거지. 난 그 속에서 살아가고 있어.
네가 곁에 없는 채로 눈을 떠야 하고,
두 사람을 위해 준비된 식사를 홀로
먹어야 하고, 외롭게 샤워를 하고,
차가운 밤을 보내야 해. 어디에나 네가
있는 것만 같아. 발자국 소리 하나에도
옷깃의 작은 떨림 하나에도 널 생각
하게 돼. 우리는 깊이 결속되어 있어.
나는 지금 과거형으로 말하는 게 아냐.
내겐 아무것도 끝나지 않았으니까. 지난
몇 달간 있었던 일들은 그저 일시적인,
지나가는 일들이야.

네가 그리워. 네 살결, 네 목소리,
네가 긴장할 때면 만지작거리던 갈색
머리의 컬, 그 모든 게 그리워. 네가
없으니 아무것도 예전처럼 느껴지지
않아. 넌 이 결정이 최선이라고 했지만
난 아냐. 이렇게 힘든데 어떻게 이게
최선일 수가 있겠어? 난 여전히
널 가장 좋아하는데.

8월 13일

지금 상황이 쉽지 않다는 것 알아. 그래도 우리 사랑은 어려운 고비 하나를 넘겼잖아. 거기에 대해서만큼은 행복해해도 되지 않을까? 넌 내게 참 많은 것을 가르쳐줬어. 예측 불가능한 상황을 즐기는 것, 길게 생각하지 않고 예스라고 대답하는 것, 타오르는 욕망에 미쳐보는 것, 삶의 의욕에 미쳐보는 것, 미지의 세계에 몸을 담그는 것, 속박을 느끼지 않고 즐기는 것, 굴레에서 해방된 자유로운 삶을, 삶 그 자체를 찬미하는 것. 이 모든 걸 가르쳐준 것은 너야. 우리는 분명 계속 잘해나갈 수 있을 거야. 그리고 너는 나를 보러 오는 거야. 10월 26일, 기다리고 있어. 누구도 우리에게서 그 시간을 빼앗아갈 수 없어. 그때가 오면, 세상에는 다시 너와 나, 단 둘만 있게 되는 거야.

이 모든 것을 감수하고도 널 사랑할 수 있어서 행복해. 작별인사를 할 때 이게 너와 함께하는 마지막이 아닐까 두려워하는 것조차 행복해. 하지만 이건 자제가 안 되네. 10월 26일, 이 날짜 말곤 다른 생각을 할 수가 없어. 어떤 생각을 해도 결국엔 10월 26일에 대해 생각하게 돼. 이제 내게 의미 있는 숫자는 그것 말고 아무것도 없어.

그날은 우리가 상상하는 것보다 훨씬 빨리 올 거야. 장담할게.

220

8월 14일

다른 사람을 사랑하게 된 건 아니지?
약속할 수 있어?

내 사랑, 우린 서로를 믿어야 해.

오후 12:02

혹시라도 누군가 다른 사람과 사랑에
빠지게 된다면, 바로 그만둘 거라고
약속해줘.

약속할게.

8월 15일

바닷가에서 며칠 보내며 기분전환을 할 생각이야. 그래서 말인데, 며칠간 전화를 꺼둘 것 같아. 나 자신에게 집중도 하고 여유도 잘 즐겨 보려고. 일상과 단절된 채 지낼 시간이 필요해.

잘 생각했어. 하지만 문자 몇 개 정도는 보내줄 수 있지?

노력해볼게. 🌹

222

8월 16일

8월 17일

오후 11:02

잘 지내고 있지? 바닷가에서 폰 꺼두고 여유를 만끽하고 있길. 여긴 지금 늦은 시간이야. 나는 막 집에 들어왔어. 침대에 널브러진 채 네 생각을 하는 중이야.

거리에서 사람들과 대화를 나누던 네 모습을 떠올리고 있어. 사소한 것에도 감탄하고 감동하던 것, 아이처럼 즐거워하던 것도. 너 같은 사람은 좀처럼 만날 수 없어. 세상이 너 같은 사람들로 가득하면 정말 좋을 텐데. 그럼 더 살 만해질 거야.

8월 18일

오후 12:10

난 지금 짠맛 나는 생각 중.

8월 19일

8월 20일

8월 21일

8월 22일

오후 07:23

집에 돌아왔어. 며칠간 제대로 여유를 즐겼더니 기력을 완전히 되찾았어.

잘됐네. 나도 기쁘다.

우리가 마지막으로 나눈 대화 때문에 불안했는데, 이젠 찝찝한 기분을 좀 털어버릴 수 있게 됐어.

사랑이 불안이 되어선 안 돼. 절대로.

괜찮아! 이젠 불안하지 않으니까! 이젠 네가 세계여행을 한다 해도 괜찮아. 보고 싶은 것 맘껏 보고, 하고 싶은 것 맘껏 해. 그러다 언제든 원할 때 내 품 안으로 돌아와. 그때도 내 품 안은 고향 처럼 편안할 거야.

8월 23일

8월 24일

8월 25일

오후 08:37

우리 연애사에 대해 서로 털어놔볼까? 예전에 얘기했었잖아. 자유연애에 대해서…

아니. 듣고 싶지 않아.

알겠어.

네가 그런 질문을 한 것만으로도 가슴이 울렁거리기 시작했어.

나도 룰을 정해보도록 할게.

8월 26일

8월 27일

내가 매일 밤 한숨으로 보내는 거 알아? 오늘은 네 손을 추억하고 있어.

8월 28일

8월 29일

8월 30일

9월 1일

지긋지긋해. 네 말들, 침묵, 모두 다.
네가 길을 잃고 칭얼대는 것도 지겨워.
네 존재 전부에 이제는 질려버렸어.
미소도, 시선도, 얼굴 윤곽도, 전부 다.
내 정신은 이제 포화상태야. 네가 남긴
추억들, 내 안에 각인시켜둔 너만의
말투, 내 귓속이 울리도록 타이핑해
넣는 말들, 내 영혼을 후려치는 말들로
터질 것 같아. 넌 내게 돌아올 거야.
난 믿어. 왜냐면 넌 날 그리워하니까.
우리는 가장 깊은 곳까지 서로에게
속해 있으니까. 우리는 분리할 수 없을
만치 하나니까. 우리는 진리와 함께
모든 것을 헤쳐 나갈 거니까. 우리는
서로에게 빠져 있고, 서로의 안에서
자유로우니까. 난 아무것도 포기하지
않았어. 우리 둘은 끝난 게 아냐. 네게
편지를 썼어. 어디에다 쉼표를 찍어야
할지 몰라서, 어디에서 숨을 멈춰야
할지 몰라서, 문장을 끝없이 나열했어.
뭐라고 말 좀 해봐. 우리 괜찮아질 수
있을까?

네가 다 망쳐놨어. 내가 얼마나 힘들게 우리 사이에 벽을, 경계를 유지해왔는데. 그걸 네가 다 망쳐버렸어. 이제 모든 것이 다 혼란스러워. 밸런스 같은 건 사라져버렸고, 난 꼭지가 돌도록 취해버린 것 같아. 너를 애타게 그리워하던 순간이 있었지. 잔혹할 만치, 그리고 고통스러울 만치. 너를 위해서라면 내장을 내놓을 수도 있을 것 같았지. 너는 아마도 곁에 두기 편한 사람도, 간단한 사람도 아닐지 몰라. 아, 정말 하나도 모르겠어. 너와 내가 무슨 사이인지. 내가 아는 건 내가 너를 미칠 만큼 그리워한다는 것, 너를 사랑한다는 것, 그리고 이젠 네가 다른 여자를 만나고, 키스하고, 사랑을 나누는 모습을 상상하는 걸 견딜 수가 없다는 거야. 그런 상상을 하고 나면, 바보가 된 듯한 기분이 들어. 왜냐면 내가 그걸 허락했었으니까. 하지만 이젠 못하겠어. 내가 바보처럼 느껴지는 것도 이젠 견딜 수 없어.

우리 썩 나쁘지 않았어. 서툴기도 하고 고통을 받기도 했지만. 우린 따스함과 냉정함을 오가는 왈츠를 꽤 잘 춰냈어. 하지만 이젠 모르겠어. 널 감싸 안았던 이 팔을 이제는 풀고 싶어.

너 10월 26일에 오기로 했지. 그때까지 아무 연락도 안 하는 게 좋겠어. 폰을 붙들고 앉아서, 그 빌어먹을 점 세 개, 문자를 입력하는 중이라는 표시를 보며 기다리는 것도, 결국은 아무 문자도 도착하지 않는 것을 참아내는 것도, 이젠 못해먹겠어. 정말, 정말로 연락을 끊고 지내는 시간이 필요해. 그래야 내 쪽에서도 상황을 정리할 수 있을 것 같아. 네가 자유분방하게 지내는 것을 상상하며 돌아버리는 것도 그만둘 수 있을 거고. 너무 고통스러워. 너를 다른 여자와 공유한다는 것은 내가 도저히 받아들일 수 없어.

10월 26일에 봐. 사랑해. 그렇다고 그때까지 마음대로 바람을 피우진 않았으면 해. 그리고 제발 날 잊지 말아줘.

너처럼 웃을 수 있는 사람은 아무도 없어. 네 보조개처럼 마음을 따스하게 하는 매력을 가진 사람도 없고. 너한테 여기로 오라고, 함께 술 한잔 하고 전부 잊어버리자고 문자 할 수 있었으면 좋겠다. 근데 넌 여기 없네. 10월에 만나.

사랑해. 내가 상처를 줬어.

6장

나의 어두운 밤들

9월 17일

오후 03:40

슬쩍 문자 하나 보내도 될까? 우리 지금은 비밀의 정원에 난 샛길을 급히 가로질러가는 중이라고 생각해줘. 정원은 이제 사막이 되어버린 것 같지만. 생각해보면 신기하지. 우리가 대화를 나누는 동안에는 시간이 존재하지 않는 것만 같았거든. 그 수많은 밤의 방랑이 그리워. 우리 생활은 각자의 길을 되찾은 것 같아. 문자를 주고받지 않은지도 한참 됐지. 그날 이후로 저녁에 집에 돌아갈 때면, 언제나 날 기다리고 있던 사람이 이제 떠나버린 것 같은 기분이 들어. 내 속에서 무언가가 빠져나가버렸어. 전구 빠진 램프처럼. 나의 어두운 밤들에 뜨겁고 환한 빛을 비춰주던 전구가.

네 SNS 스토리 봤어. 시속 100킬로로 심장이 뛰는 것 같더라. 그 의미는, 아마도, 아직 내가 너를 잊지 않았다는 거겠지.

● ● ●

부탁이야. 이 문자에 답하지 말아줘.

7장

우리가 서로를 사랑했던 시간

10월 26일

오후 02:10

나 공항이야. 비행기에 타진 못했어.
미안해. 오늘 아침 정말 슬펐어. 널 향한
사랑이 아직 이렇게나 많이 남았지만
그 사랑을 전달한 시간이 없었어.
이제 됐어. 이만 갈게. 떠날게. 하지만
난 남아 있기도 할 거야. 난 널 떠나지만
널 버리지 않아. 우리 사이에 휴식을,
공간을, 시간을 둘게. 언젠가 우리
서로를 다시 찾을지도 모르니까.

이 이별이 얼마나 계속될지는
아무도 모르겠지. 하지만 나는
절대 네게 익명의 사람이 되지
않을 거야. 네가 나에게 늘 그럴
것처럼. 언제나 나름의 방식으로
널 사랑할 거야.

널 떠나지만 내 마음 속에서 너는 언제나
나와 함께일 거야. 가장 아름다웠던 순간은
가장 괴로운 순간이 되어 버렸어. 그 시간을
운명의 순간처럼 여러 번 머릿속에서 다시
살아보고 있어. 그리고 이젠 잘 보여. 내가
올가미 속에서 몸부림쳐왔다는 게 말이야.
올가미는 인생에서 가장 아름다운 것이었
지만 고통스러운 것이기도 했지. 진작에
알았어야 했어. 나를 바라보던 네 투명한
두 눈 속에, 말의 행간을 채우던 미소에,
네 살결을 어루만지던 그 순간에, 그리고
언젠가부터 경고처럼 내 목덜미에 닿던
그 한숨에 올가미가 있었다는 걸. 내 손은
너무 차가웠고 네 손은 너무 따뜻했지.
마치 내가 얼마지 않아 바닥에 내동댕이
쳐진 채 흙먼지를 삼키게 될 거라고 외치는
것 같았어. 내가 극복해낼 수 있다고 믿고
싶었어. 감당할 수 없는 상황에 날 내던진
게 아니었다고 믿고 싶었어. 이런 고통은
상상하지 않았어. 사람은 고통을 상상
하려고 하지 않는 법이니까. 특히 첫 순간
에는. 나는 이제 비를 맞으면서 서 있어.
이제 난 알아.

비행기를 타지 못했던 까닭은, 우리가 한 번 더 헤어져서 나 홀로 돌아와야 한다는 걸 견디지 못했기 때문이야. 너와 함께 시간을 보낼 수 있다면 얼마나 행복할까? 하지만 그 행복을 위해서는 너무 비싼 값을 치러야만 해. 이제 난 못하겠어. 이제 행복을 상상하고 미래를 내다보는 게 감당이 안 돼. 아직도 네가 돌아올 거라 말해주길 간절히 바라지만, 결국엔 지쳐서 나가떨어지고 말 거라는 것도 알아. 이젠 불가능하다는 걸 알아. 난 그렇게 강한 사람이 아니었던 거야.

현실을 직시해야 해. 어쩌면 우리의 시간은 한 곡의 춤을 출 만큼밖에 계속될 수 없었던 거야. 이제 노래는 끝났어. 난 템포를 잃어버렸어. 우리 관계는 예전 같은 향기가 나지 않고, 내 숨을 틀어막아. 자꾸만 자유롭고 아름답던 우리가 서로를 사랑했던 시간을 떠올리게 돼. 새로운 하루가 시작되고, 다시 사랑을 나누고, 행복하게 잠들 수 있길 기다리던 그 시간들을.

언젠가 우리는 다시 만나 평생 사랑할 수 있을지도 몰라. 하지만 이번은 아냐.

10월 27일

10월 28일

10월 29일

10월 30일

10월 31일

11월 1일

11월 2일

11월 3일

11월 4일

11월 5일

이제 우리에게 아무것도 남지 않았다는 것이 명백해졌네. 바보 같아. 정말. 근데 화를 내진 못하겠어. 내가 욕먹을 짓을 많이 했지? 회피하고 달아나려 했던 것도 그렇고. 너를 계속 사랑하겠다고 고집하고 싶어도 이번 타이밍은 좀 아닌 것 같네. 더 일찍 연락을 했어야 했어. 당장 돌아갈 거라고 좀더 일찍 말했어야 했어. 네게 용서를 구해야 할 것 같아.

모든 걸 내려놨어. 운수에, 우연에, 내 의지 밖에 있는 상황에, 내게 올지 어떨지 모르는 기회에, 예측할 수 없는 미래에 나를 내맡겨버렸어. 우리 앞에 난 길에 도사리고 있는 불안이 결국은 좋은 쪽으로 가닿길. 나의 길이 너의 길과 만날 수 있길.

네 눈은 미소 짓고 있었어. 먼 나라를 향해 떠나는 모험처럼 어렴풋한 광채를 발하고 있었지. 그런 네 두 눈을 만날 수 있었던 건 과분한 일이었어. 나 말곤 누구도 알아보지 못했던 야생의 아름다움 때문에 난 갑자기 길을 잃고 방황하게 됐어. 그리고 처음 네 미소 속에서 발견했던 확신은 침묵 속에서 천천히 사라져갔어. 널 사랑했어. 미치도록.

넌 내 마음을 산산이 부쉬놨어. 이제 네겐 아무래도 좋을 일이겠지.

8장

침묵 속 우리의 이별

10월 27일

오후 06:06

벌써 1년이 지났네. 우리가 다시 만날 일은
없겠지. 그렇게 생각하니 좀 슬프네.
우리는 침묵 속에서 이별했어. 하지만
가끔 네 보조개와 미소를 떠올려보곤 해.
세상 사람들은 네 미소를 알아야만 해.
웃을 때 넌 정말 환상적이니까. 난 그동안
다른 사람들도 만났어. 그래야만 했으니까.
하지만 금세 질려버렸어. 그럼 난 네 미소
속의 태양이 얼마나 따사로웠는지 새삼
생각하게 됐지. 주말까지 이어지던 밤을
가끔 추억해. 너와 같은 태양은 다시는
없을 거야. 넌 마치 깃털처럼 가벼웠지.
넌 네 번씩이나 나를 달래주었지만, 이내
다음 날은 오기 마련이었고, 난 아침이
왔음을 알리는 알람을 참아내지 못했어.
처음에는 모든 것이 나를 공격하는 것처럼
느껴졌어. 분노가 옭아매버린 것 같았지.
넌 나의 분노를 죽여 없애지 못했던 거야.
너는 분노 안에 두려움을 불어 넣었고,
그 분노는 한 번 더 제대로 공격할 수 있게
네가 사라지길 기다렸어. 너한테 용기와
대담성이 부족하다고 생각한 적도 있어.
하지만 이제는 그게 아무 의미 없었다는
걸 알아.

난 달을 따달라는 불가능한 일을 요구하고는 비겁하게도 눈길을 돌려 달을 외면했어. 만약 누군가가 어린아이에게 달을 따달라고 한다면, 아이는 달을 따는 대신 달을 그리겠지. 아마도 그게 네가 해줘야만 했던 일일 거야. 우리는 여섯 살 때 만났어야 했는지도 몰라. 그렇게 생각하면 슬퍼. 네가 내 인생에 나타나게 된 것은 여러 우연의 연속들 때문이었으니까. 그땐 마치 사람들이 나를 쓰러뜨리지 못해 안달인 것만 같았어. 그래, 난 네게 가지 않았지. 그 결심은 나를 슬프게 하는 정도가 아니라 죽여버렸어. 절망적으로 네게 가고 싶었다는 걸 너한테 말하지도 못했으니까. 너는 내 입술에서 말들을 앗아갔고, 난 아편에 절여진 것 같았어. 우리가 둑길에서 두 번째로 만났을 때, 오후 6시의 햇빛 아래 빛나던 네 눈의 색깔을 기억해. 아마도 어머니의 눈을 닮아 아름다운 거겠지. 네 어머니의 눈을 본 적은 없지만. 그 마주침은, 음, 그저 아름다웠어. 내 인생에서 그저 아름다운 건 별로 없었어. 네가 마시던 아이스티 병의 뚜껑을 간직했던 건 그 때문이었을 거야.

널 비난하지 않아. 모든 건 내 잘못이야. 답문을 바라는 건 아니야. 지금 이 글을 쓰는 건 잘난 척하면서 이런저런 변명을 내세우며 비겁하게 구는 짓을 그만둬야 한다는 걸 기억하기 위해서야. 감히 말하지 못한 말들이 목구멍 한가운데에서 부패하도록 내버려두는 짓을 그만두기 위해서지. 어쩌면 널 찾으러 가는 위험을 감수했었어야만 했는지도 모르겠어.

오후 08:30

난 나름대로 행복과 균형의 얼굴을 되찾았어. 하지만 오늘처럼, 어떤 날엔 별거 아닌 일로도 네 생각을 하고 널 그리워하게 돼. 그런데 내가 정말로 너를 생각하고 그리워하는 건 아닐 거야. 이제 난 네가 누구인지, 무얼 하고 있는지 알지 못하니까. 내가 생각하고 그리워하는 건 우리야.

난 그 "우리"가 그리워. 어떤 일요일, 어떤 햇살, 어떤 빙판길과 자전거 산책, 어떤 전시회, 어떤 낮잠, 행복에 대한 어떤 정의 같은 것들. 바로 이런 행복을 다른 사람들과 나눠보려 했지만 잘 안 되더라. 그건 너와 함께일 때만 가능한 행복이었으니까.

널 겪고 나서 난 사랑을 사랑하지 않게 됐어.

우리가 사랑에 대해 했던 말들 기억해?

기억해. 그리고 늘 되물어봐. 우리가 이렇게 망쳐버린 건 언제부터였을까?

난 그 질문은 이제 하지 않으려고 해.

난 우리 첫 만남을 떠올리는 게 좋아. 아직 전부 다 기억해. 모든 게 고스란히 남아 있어. 세상에서 가장 뻔한 밤이 세상에서 가장 특별한 밤으로 변했거든. 그 특별함이 우리가 추는 아다지오였지. 네가 날 깨우러 아침 일찍 크루아상과 초콜릿 빵을 사오던 게 생각나. 매번 끝까지 보지 못했던 영화들도. 날 웃게 하던 네 사소한 배려들도. 처음으로 너네 집에서 잔 날과 다음 날 아침의 베개 싸움, 마지막으로 함께 외출한 날 레스토랑에 파는 디저트를 모두 시켜 먹었던 것까지 전부. 그때만큼 어린아이의 영혼을 가져본 적이 없었어. 정말 아름다운 일이었지. 여전히 아름답고, 언제나 아름다울 거야.

함께하기로 한 다음부터 우리는 걱정 없이 태평했고, 자유로웠고, 불가능한 것은 아무것도 없다고 생각했어. 5, 6세 아동용 어린왕자 퍼즐을 선물로 받고 너처럼 웃을 수 있을 사람이 또 있을까? 내가 그런 터무니없는 행동을 할 수 있는 사람이, 우리만큼 서로 닮은 사람이 또 있을까? 그런 질문이 떠오르면 어떤 대답도 내놓을 수가 없어. 바보 같은 생각이었지만, 내가 그런 우스운 짓을 했던 건 오로지 너의 웃는 모습을 보기 위해서였어. 시적이었지. 너무 나갈 때도 있었고, 아마 논리적이지 않았겠지만, 그건 내가 겪어본 가장 아름다운 관계였어. 고마워. 함께하든 떨어져 있든, 우리는 늘 어딘가에 서로를 간직하고 있을 거야. 난 그걸 알아. 굳이 말하지 않더라도. 이 기이한 관계는 그 자체로 완벽한 거라 생각해. 난 언제나 네 곁에 있을 거야. 삶은 변하고, 삶의 끈이 다른 사람들을 우리에게 묶어놓겠지만, 우린 그들을 넘어선 곳에서 엮여 있을 거야. 나는 매일 너를 그리워해. 내 마음은 매일 너와 함께하고 있어.

넌 내 삶에 찾아온 해일이었어.

어느 날 밤 내 품 안에서 잠들고 싶어진다면, 만약 그런 밤이 찾아 온다면, 내게 문자해줘.

10월 28일

10월 29일

10월 30일

10월 31일

11월 1일

11월 2일

11월 3일

11월 4일

11월 5일

11월 6일

11월 7일

11월 8일

11월 9일

오후 09:42

"오늘도 아무 소식을 받지 못했지만 나는 겁나지 않소. 밀레나, 제발 오해는 하지 말길. 내가 불안한 건 절대 당신 때문이 아니니까. 난 원래 종종 불안 해지곤 한다오. 내가 불안하다면 그건 나약함 때문이며 심장의 변덕 때문이오. 그러나 내 심장은 오로지 당신을 위해 뛰지. 위대한 거인들도 모두 자기만의 나약함을 지니고 있었소. 헤라클레스 조차 약점을 지니고 있었을 거요. 나는 그렇게 믿소. 한낮에도 뚜렷하게 떠올릴 수 있는 당신의 두 눈 아래에서라면, 이를 악물고 모든 것을 견딜 수 있소. 우리 사이의 거리, 두려움, 근심, 오지 않는 편지를 기다리는 것 모두."
카프카를 읽다가 네 생각을 했어.

짜증나.

왜?

우리가 아무 소식 없이 지낸 지 얼마나 오래 됐지? 근데 갑자기 나타나선 카프카의 완벽한 문장을 인용하고 있잖아. 답장하고 싶어지게.

그건 좋은 신호야.

11월 10일

11월 11일

11월 12일

11월 13일

11월 14일

11월 15일

11월 16일

11월 17일

11월 18일

11월 19일

11월 20일

11월 21일

11월 22일

11월 23일

11월 24일

내가 막 취해서 길거리에서 아무나 마주친 사람들에게 욕을 퍼붓던 거 기억나? 넌 꼼짝없이 날 업고 바래다 줘야 했었지. 지금 나 약간 그때와 비슷한 상태야. 그때 생각을 다시 하면서 웃고 있어.

오전 09:02

그때 정말 진지하게 고민했어. 대체 널 어쩌면 좋을지.

277

9장

서로를 위해 비워둔 자리

(7개월 뒤)

6월 6일

오후 06:00

쉬지 않고 찾아다녔어. 모든 곳에서. 네 눈, 네 입술, 네 온기. 불현듯 소심해질 때면 볼 안쪽을 깨물던 모습도. 함께 오르가슴을 느낄 때 너의 손을 잡으면 이 세계가 더 나은 곳이 된 것 같았지. 한낮의 대화, 한밤의 대화, 삶의 대화. 내 몸 위에서 춤추던 네 몸. 네가 수줍음을 잊는 법을 배워가던 것, 깃털 이불 아래에서 날아오르며 숨을 헐떡이던 우리의 영혼. 매일 밤, 매일 아침, 우리에게 속한 매순간, 나에게 고정됐던 너의 타오르는 시선. 미친 사람처럼 찾아다녔어. 네가 제대로 끊어내지 않았던 변덕스러운 심지를 다시 엮을 수 있기를 얼마나 바랐던지. 한 번 더 서로 욕을 퍼부을 수 있기를 얼마나 바랐던지. 내가 다시 일어설 수 있을 곳을 찾아서 온 세상을 누비고 다녀도 소용없었어. 내가 있고 싶은 곳은 오로지 네 곁이야. 이제 알았어. 너의 귀여운 사마귀 두 개 없이는 내 인생은 그냥 아무것도 아니란 걸!

우리 둘은 헤어질 수 없어. 한 쌍으로가 아니면 살아남지 못하는 새 이야기를 너도 알 거야. 우린 늘 서로를 잃었다가 다시 찾곤 했지. 그러니 이번에도 널 다시 찾고 싶어. 진심으로.

"그게 네 꿈이었으니까. 너를 떠나도록 두는 건 사랑하기 때문이야." 출국하기 전 공항에서 네가 이렇게 말한 지 이제 2년이 지났어. 내가 이렇게 살고 있는 것은 네 덕분이야. 하지만 이제는 너가 더럽게 그립다고! 또 너야. 늘 너야. 너무 힘들어. 멀리서 너에 관해 알게 되는 게 힘들어. 네가 다른 사람과 함께 있는 걸 보는 게 힘들어. 네가 돌아오는 일은 절대 없을 거라고 날 납득시켜봐. 모든 걸 놓아버리기 1초 전이니까.

날 싫어한다고 말해. 이제는 보고 싶지 않다고. 그런 거라면 뭐든 좋으니까 말해줘. 아직 널 사랑해. 젠장. 너를 사랑해…. 설명할 수가 없어. 널 만난 이후로 늘 그랬어. 삶은 우릴 헤어지게 했고, 이건 너무 힘들어. 너와 함께 살아가는 것에 익숙해졌어. 네가 필요해. 하지만 우린 약속했던 것처럼 지낼 수 없었지. 우리 둘의 아둔함 때문에, 한심함 때문에.

힘들어. 우리 이야기를 괄호 속에 넣어버릴 수가 없어. 너를 사랑해선 안 되니? 네가 날 지워줘. 우리가 나눈 모든 것을 삭제해줘. 내 인생에 다시 나타나지 말아줘. 부탁이야. 도와줘. 난 못하겠으니까.

오후 07:30

나도 못하겠다면 어떡해야 할까?

6월 7일

오후 10:42

만나자. 서로를 위해
비워둔 자리에서.

나가며

2018년 7월 17일, 나는 인스타그램 계정에 사랑의 혁명을 어떻게 정의할 수 있을 것인지 묻는 질문을 올렸다. 다음은 그에 관한 짧은 앤솔로지다.

- 느낌과 감정을 받아들이는 것, 호의와 이해심을 높이 평가하는 것. 그리고 스스로를 사랑하는 것. 타인을 더 사랑하기 위해 자신을 사랑하는 것.
- 사랑의 이유를 찾지 않는 것. 그저 사랑하는 것.
- 사랑에 빠지기 전에는 담배를 피우지만, 사랑에 빠지고 나서는 끊게 되는 것.
- 내가 이미 정해놓은 인생 계획의 방향을 바꾸더라도 그대로 받아들이는 것.
- 하나의 전체로 사랑하는 것. 과시적인 트로피나 외로움을 치유하기 위한 도구로서 사랑하는 것이 아니라, 인간 존재로서 사랑하는 것. 오늘날처럼 자신에게만 집중하는 시대에 우리는 타인의 눈 속에서 그 자신을 발견하기보다 우리 자신을 비추려고 한다. 그러므로 사랑의 혁명은 꼭 필요하다. 그것은 풍성한 결실을 안겨다줄 것이다.
- 동시에 두 사람을 사랑하면서도 그 자체로 행복한 것.
- 주는 것을 받고, 줄 수 있는 것을 주는 것. 소통하는 법을 아는 것. 타인이 우리를 침범하도록 내버려두고, 우리 역시 타인을 침범하는 것.
- 사회의 모든 인습으로부터 자유로워지는 것. 인간성을 지키기 위해서는 자유롭게 사랑하고 자유롭게 사랑받는 것, 이 두 가지만 있으

면 된다는 것을 깨닫는 것.

- 도그마를 깨부수고 관습과 강요를 지하에 가둬버리는 것. 부끄러워하거나 두려워하지 말고 유보 없이 사랑하는 것. 자연스럽게 자기 자신이 되는 것.
- 어린 시절부터 주입되어온 모든 것들로부터 벗어나는 것. 사랑에 대한 자기만의 비전을 구축하고, 사랑이 상대방과 그의 감정을 소유하는 것이라는 편견을 머릿속에서 없애버리는 것.
- 어린아이가 친구들 앞에서 엄마에게 "사랑해요"라고 말하는 것을 배울 때 벌어지는 일.
- 사랑의 혁명을 신봉하는 다른 사람을 만나지 않을 위험을 감수하는 것. 만난다면 그/그녀를 전복시키는 것.
- 군중 속에서 자유롭게 걷는 것을 더 이상 두려워하지 않는 것. 공화국의 상징 마리안느처럼 승리자로서 전진하며 사랑하는 모든 사람들에게 다음과 같이 말하는 것. "자, 나는 모든 족쇄를 벗어버렸다!"

미치도록 사랑을 사랑하는 나는 인스타그램에 계정을 만들면서 사랑에 관한 아름다운 말들을 한 자리에 모으고자 했다. 이 디지털 공간에서 우리는 소중한 말들을 언제까지나 간직할 수 있을 것이다. 나는 감정이 나약함이 아니라는 것을, 감정을 표현하는 것은 인간성을 형성하는 데 도움이 된다는 것을 증명하고 싶었다.

메시지들이 쌓이고 쌓이면서 나는 진정한 커뮤니티가 형성되고 커가는 것을 목격할 수 있었다. 우리는 사랑과 프랑스어의 감미로움을 공유

했고, 이 계정을 통해 더 자유로워질 수 있었다. 그 자유는 우리가 결코 혼자가 아니라는 것을 실감하게 해주었다.

'우리'라고 할 수 있는 사람이 이렇게 많다는 것을 알고서, 나는 한계를 넘어서야 할 때가 왔다는 것, 그리고 사랑의 혁명을 시작할 시간이 되었다는 것을 확신하게 되었다. 사랑의 혁명은 감정을 표현해야만 한다고 주장한다. 사랑의 혁명은 사랑에 대해 말하는 방법이 단 한 가지가 아니라고, 단 하나의 사랑만 있는 것이 아니라고, 사랑을 표현하는 것이 두 성별 중 하나에게만 맡겨진 것이 아니라고 주장한다.

사랑한다면, 욕망한다면

아주 오랫동안 감정은 폐기된 것이나 마찬가지였다. 사람들은 감정을 비난하거나 모욕했고, 옆으로 밀쳐두었으며, 그것이 너무나 철지난 노발리스풍의 낭만주의이며 나약하고 시대에 뒤처진 것이라고 심판했다. 서문에서 나는 이 말을 인용한 바 있다. "네가 나를 좋아할수록 나는 너를 멀리할 것이다. 네가 나를 멀리할수록 나는 너를 좋아할 것이다." 이 말은 사랑하는 사람을 유혹하고 자신을 좋아하게 만들기 위해서는, 그를 곁에 묶어두기 위해서는, 우리가 내면에서 느끼는 것과 반대로 감정을 숨기고 무심한 척 가장해야 한다고 주장한다.

무심함을 권좌에 올리고 그것을 욕망하도록 부추기는 이 말은 부당하게도 감수성과 감정, 느낌을 나약함의 징표로 간주한다. 타인을 기쁘게 하기 위해서는 타인을 모른 척할 의무가 있기라도 한 것처럼. 하지만 우리가 진실로 기대하는 것은 다른 것이다. 사랑에 빠지는 것, 그리고 우리에게 사랑에 빠진 타인을 보는 것.

가식은 그만두자.

사랑한다면 말해야 한다. 욕망한다면 그대로 보여주어야 한다. 감정을 표현하는 것에는 너무나도 다채로운 뉘앙스들과 가능성들이 있다. 그렇기에 사랑하면서 사랑을 숨기는 것은 너무 슬픈 일이다.

이제 사랑의 감정을 전면에 내세울 때가 되었다. 그것을 방해하는 모든 선입견들을 털어내야 한다. 감수성, 감정, 느낌을 나약함이 아니라 강함의 증거로 만들자. 새로운 가치를 부여하자. 그를 통해 존중과 공감, 환대에 바탕을 둔 더 인간적이고 공정한 사회를 만들 수 있을 것이다.

말을 해방시키기

내밀한 말의 해방 없이는 사랑의 혁명을 완수할 수 없을 것이다. "적극적인" 말, 감정과 느낌에 관한 말, 아름다움에 관한 말, 때로는 시적이고 때로는 노골적이지만, 언제나 정직하고, 그래서 입에 재갈을 물리는 수줍음, 수치심, 두려움으로부터 벗어난 말을 표현할 수 있어야 한다.

소중한 사람에게 자유롭게 말해보자. "사랑해" "널 원해" "너 때문에 기뻐" "매일 밤 네 꿈을 꿔" "옷을 벗어" "결혼해줘" "나를 바라봐" "어서 날 찾으러 와줘". 사랑에 관해 '멋진 말'을 하지 못한다고 해서 겁먹을 필요는 없다. 삶의 시간이 긴 만큼이나 사랑을 말하는 여러 방식이 있다. 어떤 성별이건 상관없이 말이다.

은밀한 대화에서의 성평등

역사적으로 감수성은 여성에게만 속한 속성으로 받아들여졌다. 오로지 여성만이 사랑 때문에 감동하고, 고통받고, 우울해할 수 있다고 말이다. 그 반대로 욕망은 남성적인 충동으로 간주되었다. 오로지 남성들만이 욕망을 느끼고 표현할 수 있으며, 노골적인 단어를 사용할 수 있다는 것이다. 이것은 물론 거짓말이다! 우리는 모두 감수성과 로맨티시즘, 에로티시즘의 주체가 될 수 있다. 이것은 성별의 문제가 아니라 인간성의 문제이다.

인스타그램 계정에서 공유한 사랑의 메시지들은 익명이다. 발신인의 성별이나 발신인과 수신인의 관계를 알아차리는 것은 쉽지 않다. 저자가 여성인지 남성인지 묻는 경우 역시 극히 드물었다. 나는 이 익명성이 우리를 자유롭게 한다고 느꼈다. 우리는 자유롭게 메시지를 공유하고, 그에 대해 자유롭게 반응하고, 타인의 내밀한 생활을 자유롭게 읽을 수 있었다.

관용의 담화

사랑의 말을 해방시키는 일 너머에는 하나의 전투가 잠재되어 있다. 모든 형태의 사랑과 섹슈얼리티를 위한 투쟁이 그것이다. 'Amours Solitaires' 계정에서 우리는 섹스 파트너, BDSM, 커밍아웃, 나이 차이가 많이 나는 사랑, 비독점적 다자 연애, 장거리 연애 등을 다루었다. 우리의 슬로건은 모든 종류의 인간관계에서 관용과 환대를 높이 사는 것이다. 우리가 원하는 사람을, 우리가 원하는 곳에서, 우리가 원할 때, 우리가 원하는 방식으로 사랑할 수 있어야 한다.

사랑은 여러 얼굴과 여러 형태를 가질 수 있다. 사랑의 현현으로 통하는 어떤 문도 잠궈 두어서는 안 된다.

환대의 공간을 창조하기

'Amours Solitaires' 계정은 히니의 피난치디. 여기서는 아무도 심판하지 않는다. 무시당하거나 공격당하거나 유령 취급을 당하지도 않는다. 우리가 만들어내는 것은 오로지 최상의 사랑, 끝없는 환대, 공감과 존중이다. 새로운 사람이 등장해 다소 가혹한 리플을 남기는데도 내가 개입해야 힐 필요를 느끼지 않을 때가 많았다. 커뮤니디 스스로가 관용올 베푸는 것이 필수적임을 표현했다. 사람들은 포스팅된 메시지 뒤에 자신의 내밀한 부분 하나를 공개하기로 한 인간이 있으며, 그는 최대치의 배려와 이해를 받을 자격이 있다는 점을 환기시켰다.

이 환대의 공간은 이러한 장소를 원하던 사람들을 불러들였다. 그들은 자신을 표현할 계기를 만났고, 자신의 말에 사려 깊게 귀 기울여줄 사람들을 찾을 수 있었다. 이러한 포용력은 때로는 불안정해질 수 있다. 타인의 이야기에 감동하는 체험을 하는 것은 기묘해 보일 수 있고, 지나치게 내밀한 것이 공개된 것이 아닌가 하는 인상을 받을 수도 있다. 하지만, 감정들과 관계들 모두 제각기 고유한 것이었음에도, 우리는 거기서 보편성을 이끌어낼 수 있었다. 그리고 그 덕분에 사람들은 타인의 말과 경험 속에서 스스로를 발견하고 자신의 모습을 알아볼 수 있었다. 그리하여 마침내 우리는 우리가 혼자가 아니라는 것, 고독을 두려워할 필요가 없다는 것을 깨달을 수 있었다.

자신을 사랑하기

사랑의 혁명은 결국 자기 자신을 사랑하고, 받아들이고, 소중히 여기는 것으로 귀착된다. 자기 자신을 거부하는데 어떻게 타인에게 사랑을 베풀고 그의 사랑을 받아들일 수 있겠는가?

혁명을 위하여

라이얼 왓슨Lyall Watson은 저서 《일생Lifetide》에서, 과학자들이 1952년 일본 코시마섬의 모래밭에 던져둔 고구마를 먹는 원숭이들에 관해 다룬다. 원숭이들은 이 새로운 음식을 무척이나 좋아했지만 고구마에 묻어 있는 모래가 문제가 되었다. 그러던 중 이모Imo라는 이름의 어린 암컷 원숭이가 해결책을 찾아낸다. 모래를 씻어낸 후 고구마의 껍질을 벗겨서 먹은 것이다. 섬에 사는 어린 원숭이들은 모두 이 새로운 기술을 사용하기 시작했지만, 성체 원숭이들은 씻지 않고 먹는 이전의 방식을 고수했다. 여러 해가 지난 후 과학자들은 모든 원숭이들이 이 기술을 쓴다는 것과 함께 다른 놀라운 현상을 발견했다. 이웃한 섬의 원숭이들도 고구마를 씻어 먹기 시작한 것이다. 라이얼 왓슨은 그로부터 '100번째 원숭이 이론'이라는 것을 도출해낸다. 100이라는 숫자는 '문턱'을 의미한다. 그 숫자를 넘어서는 순간 진화가 이루어진다는 것이다. 한 종의 모든 개체들이 동일한 습관을 갖기 위해서는, 고구마를 씻어먹는 집단에 100번째 원숭이가 참여하는 것으로 충분하다.

우리의 경우는 어떨까? 인간성을 새로운 차원으로 전환시켜 사랑이 지배하도록 만드는 100번째 인간은 누가 될 것인가? 각자 사적인 삶에서 혁명을 일으키다 보면, 언젠가 우리는 세상을 전복해 새로운 행동 양식을 확립하고, 결국에는 사랑의 혁명을 안수할 수 있을 것이다.

역자 후기

SMS로 이루어진 사랑 이야기를 번역해보지 않겠냐는 제안을 받았던 날, 나는 나 자신도 깜짝 놀랄 만한 설렘 때문에 밤이 늦도록 잠을 이루지 못했다. 낭만이라고 할 만한 것은 삶의 원경 그 어디 어렴풋한 곳으로 밀려난 지 오래였고, 시들어버린 화분에 굳이 눈길을 주지 않는 것처럼 나는 사랑에 관한 모든 것에 대해 무심해져 있었다. 나는 생각했다. 이번 일을 계기로 내게 어떤 감미로운 변화가 찾아올 수도 있지 않을까? 게다가 이 소설은 화자의 서술이라는 매개를 거치지 않고 날것 그대로를 제시하는 형식을 택하고 있었다. 나는 생생한 사랑의 현장을 직접 목격할 수 있을 것이고, 잠정적으로 잃어버리기로 결심했던 무언가를 용감하게 되찾아낼 수 있을지도 몰랐다.

역시나 우리의 두 주인공은 가장 아름다운 것을 서로에게 주려는 노력으로 바짝 말라 있던 내 마음을 촉촉하게 하고 이타적이면서도 배타적인 사랑의 감각을 되살려주었다. 나는 번역을 하던 내내 머릿속에서 울려 퍼지던 음악들로 그것을 한 번 더 확인했다. 그 음악은, 보답 없는 사랑에 빠져 있거나 사랑이 시작될 때, 이별 때문에 무너질 때, 가득 차고 범람할 때까지 듣고 또 듣던 흘러간 사랑 노래들이었다.

그리고 그 모든 영원한 유행가들을 축복하는 노래 한 곡이 있었다. 바로 폴 매카트니의 〈Silly Love Songs〉였다.

멜로드라마적 감수성에 빠져 있을 때는 그것이 아무리 불가피하고 진실한 것이라 해도 자신을 한심하게 느끼는 순간이 찾아오기 마련이다. 폴 매카트니는 그럴 필요 없다고, 한심한 사랑 노래는 사실 전혀 한심한 것이 아니라고, 사랑에 빠진 사람들을 감동적으로 변호해주었다.

"한심한 사랑 노래라면 이미 물릴 만큼 많다고 할지도 모르죠.
정말 그런가 고민도 해봤지만, 그게 아니라는 걸 난 알아요.
어떤 사람들은 한심한 사랑 노래로 세상을 가득 채우고 싶어하죠.
그게 왜 잘못인가요? 난 알고 싶어요.
그리고 자, 여기 한 곡 더 추가할게요."

아무리 많은 사랑 노래가 있어도, 사랑 노래를 짓고 부르느라 밤이
끝나고 계절이 변하고 해가 바뀌어도, 누군가를 사랑하는 마음은 만족
스러울 만큼 충분히 표현될 수 없다. 이 사랑스러운 신념은 폴 매카트
니가 평생에 걸쳐 사랑 노래를 작곡하는 원동력이 되어주었을 것이다.
더불어 나는 대학에서 들은 프랑스시 수업에서 교수님이 해준 이야
기, 지금 생각하면 뻔하기 찍이 없지만 당시에는 그렇게 좋을 수 없었던
말을 떠올렸다. 프랑스인들은 사랑l'amour을 속삭일 때 죽음la mort을 함
께 속삭인다고, 사랑과 죽음은 시의 영원한 주제라고.

사랑에 빠지면 마치 고장난 사랑처럼 평소라면 상상할 수 없었을 생각
과 행동을 하게 된다. 우리는 가망 없이 한심해지기도 하고, 세상물정 모
르는 아이도 속지 않을 술수에 기꺼이 속아 넘어가기도 하고, 비겁해지
기도 하고, 영웅적이 되기도 한다. 성장하고 쇠퇴하는 사랑의 일생에는
일견 모순적이면서도 자연스러운 것들이 전부 있고, 아마도 그것이 모
든 사랑을 특별하면서도 보편적인 것으로 만들어주는 것이리라. 사랑은
고독하지만, 그 고독은 연대할 수 있는 고독이다. 홀로 창문을 열어두고

사랑 노래를 듣는 밤, 세상 어딘가에는 반드시 같은 음악을 들으며 비슷한 감정 속에 있는 사람이 있으리란 것을 나는 믿는다.

스마트폰이 노동 현장의 풍경, 여가의 풍경, 심지어 꿈의 풍경까지 바꾸어놓은 오늘날, 사랑의 방식도 그 영향을 받지 않을 수 없게 됐다. SMS와 카카오톡, 각종 SNS는 사랑을 기억하는 공간이 되었다. 책을 펴들기 전, 테크놀로지가 선사한 이 인스턴트하고 덧없는 방식이 사랑의 속삭임을 경박한 것으로 바꾸어놓지 않았을까 걱정하는 마음이 전혀 없지 않았던 것도 사실이다. 그러나 그것은 기우였다. 작중 인물들은 손글씨의 시대보다 훨씬 더 자주 재담을 주고받을 수 있었고, 일상에서 마주친 다정한 인상들과 나날의 BGM을 공유할 수 있었고, 한없이 긴 고백을 힘들이지 않고 쓸 수 있었고, 전송과 취소 사이 긴 망설임이 주는 고뇌를 알게 되었다. 주어진 도구가 무엇이든, 진실한 사랑이 존재하는 한 사람들은 방법을 찾아내는 것이다.

저자가 지적했듯 낭만적인 사람이 되는 것을 부끄러워 할 필요는 없다. 문제는 사랑 자체가 아니라 사랑을 만들어가는 방식이다. SMS 하나를 보낼 때도 시의 마음을 한껏 동원해 정성을 들이는 주인공들은 새로운 낭만의 가능성을 명료하게 만들어주었다. 사랑을 피해갈 수 있는 사람은 아무도 없다. 지금 이 글을 읽고 있는 당신도 마찬가지일 것이다. 이 소설과 더불어 독자들의 사랑이 더 풍요롭고 다채로워지길 소망한다. 어쩌면 근미래의 나도.

인용 출처

P.29   Extrait de «LETTRES À VERA» de Vladimir Nabokov, datée de no-
vembre 1923. Librairie Arthème Fayard, 2017 pour la traduction française.
P.31   Citation de Gustave Flaubert.
P.41   Extrait de «LETTRES À VERA» de Vladimir Nabokov, datée de
juillet 1923. Librairie Arthème Fayard, 2017 pour la traduction française.
P.268   Extrait d'une lettre de Franz Kafka à Milena, datée du 16 Juillet 1920.
(source : www.deslettres.fr)

다가올 사랑의 말들

1판 1쇄 펴냄   2023년 6월 1일

지은이	모르간 오르탱
옮긴이	황은주
편 집	안민재
디자인	룩앳미
제 작	세걸음
인쇄·제책	상지사

펴낸곳	프시케의숲
펴낸이	성기승
출판등록	2017년 4월 5일 제406-2017-000043호
주 소	(우)10885, 경기도 파주시 책향기로 371, 상가 204호
전 화	070-7574-3736
팩 스	0303-3444-3736
이메일	pfbooks@pfbooks.co.kr
SNS	@PsycheForest

ISBN   979-11-89336-61-5   03860